# 诗而有序

## 我的诗观与诗法

在现代诗的探索过程中，风格上我曾有过数次的演变。也许由于诗的蜕化就是生命的蜕化吧，几乎我的每一部诗集即代表一种迥然不同的心境和生命情态，但在精神上，我仍像在『石室之死亡』时期一样，维持着一贯的执拗：即肯认写诗此一作为，是对人类灵魂与命运的一种探讨或者诠释，且相信诗的创造过程就是生命由内向外的爆裂、迸发。

洛夫 ◎ 著

海天出版社（中国·深圳）

**图书在版编目（CIP）数据**

诗而有序：我的诗观与诗法 / 洛夫著 . —深圳：
海天出版社，2014.11
　　ISBN 978-7-5507-1184-6

　　Ⅰ . ①诗… Ⅱ . ①洛… Ⅲ . 抒情诗—诗集—中国—当代
Ⅳ . ① I227.2

中国版本图书馆 CIP 数据核字（2014）第 208828 号

诗而有序：我的诗观与诗法
SHIER YOUXU: WODE SHIGUAN YU SHIFA

出 品 人　陈新亮
责任编辑　徐丹娜　梁 萍
责任技编　蔡梅琴
封面设计　Smart 深圳斯迈德设计 0755-83144228

出版发行　海天出版社
地　　址　深圳市彩田南路海天综合大厦（518033）
网　　址　www.htph.com.cn
订购电话　0755-83460137（批发）　0755-83460397（邮购）
设计制作　深圳市斯迈德设计企划有限公司（0755-83144228）
印　　刷　深圳市新联美术印刷有限公司
开　　本　787mm×1092mm　1/16
印　　张　13.25
字　　数　170 千
版　　次　2014 年 11 月第 1 版
印　　次　2014 年 11 月第 1 次
定　　价　39.00 元

## 自序篇

# 目 录
MU LU

自序篇

## 我的诗观与诗法
　　——《魔歌》自序

一

　　《魔歌》,是我的第五部诗集,也有我近四年来调整语言、改变风格,以至整个诗观发生蜕变后所呈现的一个新风貌。

　　在现代诗的探索过程中,风格上我曾有过数次的演变。也许由于诗的蜕化就是生命的蜕化吧,几乎我的每一部诗集即代表一种迥然不同的心境和生命情态,但在精神上,我仍像在"石室之死亡"时期一样,维持着一贯的执拗:即肯认写诗此一作为,是对人类灵魂与命运的一种探讨或者诠释,且相信诗的创造过程就是生命由内向外的爆裂、迸发。我之迷恋于诗,而鲜作其他文体的尝试,即基于对这种无形的内在力量的强烈信念。当然,诗人的另一个力量是来自想象,但想象毕竟只是美学上的一个因素,诗人才能之一;富于想象力者固然可以成为诗人,但不一定能成为一个挖掘生命、表现生命与诠释生命的现代诗人。因此,在如此沉重而严肃的"使命感"负荷之下,我一直处于剑拔弩张、形同斗鸡的紧张状态中,既未敢轻言"写诗只不过是一种游戏",也未曾故作潇洒地说"没有诗,照样活得好好的"。我倒无意强调,不写诗就活不下去,而确实觉得,诗能使我在这个世界活得更有趣、更充实、更有力量。

　　然而,近年来我的诗观竟有了极大的改变,最显著的一点,即认为作为一种探讨生命奥义的诗,其力量并非纯然源于自我的内在,它该是出于多层次,多方向的结合，这或许就是我已不再相信世上有一种绝对的美学观念的缘故吧。换言之，诗人不但要走向内心，探入生命的底层，同时也须敞开心窗，使触觉探向外界的现实，而求得主体与客体的融合。

在对真实（reality）的探求上，诗人的途径各有不同。T.S.艾略特的观念中只有一个超自然的或形而上的精神世界；反之，华勒士·史蒂文斯则认为除了由想象所创造的感官世界之外，宇宙中别无他物，诗的功效即在为诗人自己，也为读者提供一个可予享乐的现实世界。前者过分强调内倾，后者过分侧重外向，二者都是一种执拗。经过多年的追索，我的抉择近乎《金刚经》所谓"应无所住，而生其心"。我们的"心"本来就是一个活泼而无所不在的生命，自不能锁于一根柱子的任何一端。一个人如何找到"真我"？如何求得全然无碍的自由？又如何在还原为灰尘之前顿然醒悟？对于一个诗人而言，他最好的答案是化为一只鸟，一片云，随风翱翔。

从我早期的《石室之死亡》诗集中，读者想必能发现我整个生命的裸程，其声发自被伤害的内部，凄厉而昂扬。当时，我的信念与态度是："揽镜自照，我们所见到的不是现代人的影像，而是现代人残酷的命运，写诗即是对付这残酷命运的一种报复手段。"于是，我的诗也就成了在生与死、爱与恨、获得与失落之间的犹疑不安中挤迫出来的一声孤绝的呐喊。十年后，我却像一股奔驰的激湍，泻到平原而渐趋宁静；又如一株绚烂的桃树，缤纷了一阵子，一俟花叶落尽，剩下的也许只是一些在风雨中颤抖的枝干，但真实的生命也就含蕴其中。"吾所以有大患者，为吾有身"（老子），对外而言，此"身"正是奔驰不息的激湍，或绚烂一时的花朵；对内而言，此"身"未尝不可视为源自潜意识的欲念，从两者中都难找到这颗心的安顿之处。我们发现，外国作家动辄自杀，例证甚多，法国超现实主义者甚至把自杀视为一种殉道行为，且死前还要犬儒式地宣称："以结束自己的生命来使他的哲学获得一个合理的结论。"而中国作家之所以厚着脸皮不作此图，主要是因为他们尚无人享受到世界性的荣誉。这虽是一个笑话，但也有其严肃的一面，这正显示出中国作家能使他精神世界与物质世界所引起的冲突，在透过文学形式所建立的新秩序中得到调和，如能达到"赞天地之化育，与天地参"的境界，自杀自为一种不必要的愚行。

"真我"，或许就是一个诗人终生孜孜矻矻，在意象的经营中，在跟语言的搏斗中唯一追求的目标。在此一探索过程中，语言既是诗人的敌人，也是诗人凭借的武器，因为诗人最大的企图是要将语言降服，而使其化为一切事物和人类经验的本身。要想达到此一企图，诗人首先必须把自身割成碎片，而后揉入一切事物之中，使个人的生命与天地的生命融为一体。作为一个诗人，我必须意识到：太阳的温热也就是我血液的温热，冰雪的寒冷也就是我的肌肤的寒冷，我随云絮而遨游入荒，海洋因我的激动而咆哮，我一挥手，群山奔走，我一歌唱，一株果树在风中受孕，叶落花坠，我的肢体也随之碎裂成片；我可以看到"山鸟通过一幅画而融入自然的本身"，我可以听到树中年轮旋转的声音。

我的头壳炸裂在树中
即结成石榴
在海中
即结成盐
唯有血的方程式未变
在最红的时候
洒落

——摘自《死亡的修辞学》

这些都是近年来我诗中经常出现的意象，也是我心的寄托。在诗中，这颗心就是万物之心，所谓"真我"，就是把自身化为一切存在的我。于是，由于我们对这个世界完全开放，我们也就完全不受这个世界的限制。

超现实主义极终的目的也许在于求取绝对的自由，因而自动性（automatism）成为一个超现实主义者的重要手段，最后的效果或在"使无情世界化为有情世界"，"使有限经验化为无限经验"，"使不可能化为可能"，希望一切能在梦幻中得以证果。但不幸的是超现实主义者犯了一个严重的错误，即过于依赖潜意识，过于依赖"自我"的绝对性，以致形成有我无物的乖谬。把自我高举而超过了现实，势必使"我"陷于绝地，而终生困于无情世界，囿于有限经验，人永远是一种"不可能"现实，是超乎概念的，一个诗人如要掌握现实，就必须潜入现实的最底层，抚摸它，拥抱它，与它合而为一。

我对超现实主义者视为主要发现方法的"自动语言"，尤为不满，但我却永远迷惑于透过一种经过修正后的超现实手法所处理的诗境（我不否认我是一个广义的或知性的超现实主义者，"知性"与"超现实"也许是一种矛盾，但我企图在诗中使其统一），这种诗境只有当我们把主体生命契入客体事物之中时，始能掌握。当我想写一首"河"的诗，首先在意念上必须使我自己变成一条河，我的整个心身都要随它而滔滔，而汹涌，而静静流走；扔一颗石子在河心，我的躯体也就随着一圈圈的波浪而向外逐渐扩散，荡漾。这种"与物同一"的观念，在我近几年的作品中愈来愈为明显，例如，《不被承认的秩序》《死亡的修辞学》《大地之血》《诗人的墓志铭》，以及最近完成的《裸奔》《巨石之变》等，俱是如此。

《诗人的墓志铭》一诗，是写给所有与我诗观相同的诗人的，这是一首说理的诗，虽不完全像十八世纪英国诗人颇普的那首"批评论"（An Essay on Criticism），但能具体而完整地表达出我新建立的诗观，这是其中的一节：


主要乃在
你把歌唱
视为大地的诠释
石头因而赫然发声
河川
沿你的脉管畅行
激流中，诗句坚如卵石

真实的事物在形式中隐伏

你用雕刀

说出万物的位置

# 二

在风格的演变中，我要掌握的另一个因素是意象语的鲜活与精炼。我觉悟到，写诗犹之插花，安排意象应先求疏落有致，浓淡得宜，才能进而争奇斗胜。秩序是必要的，尽管这种秩序不必限于一般的诗律，甚至可能反诗律，但仍需有一种个人制定的秩序，哪怕是《不被承认的秩序》。完成此一秩序最艰苦的工作可能是《专言》。不错，在理论上，思想与语言是一体的，同生同灭，但在创造过程中，内心先有朦胧的诗意，而后寻找适当的语言予以表达，或先有一个感性特强的诗句，经过酝酿、剪裁、配置而后产生诗意，这都是常有的现象。不过，如何求得贴切的、鲜活的，或为表现某种特殊心象所需的语言，实为一个诗人最大的挑战。

在对语言的经营中，我以往过于侧重意象的铸造，以致有时怯于割舍，或疏于选择而形成浪费。因此，慎选语言，并进而将其锤炼成为精粹而鲜活的意象，便成为我近年来特别关注的课题，就在这段严格的自我批评与语言实验期间，我作品的风格一变再变，反复不定，有繁复转折如《月问》《黑色的循环》《啸》《巨石之变》者，也有轻灵淡远如《白色之酿》《随雨声入山而不见雨》《金龙禅寺》《下午无歌》者，有感时抒怀如《独饮十三行》《无非》者，也有诠释个人思想如《雪》《不被承认的秩序》《诗人的墓志铭》者。大致说来，我尚能在作品中把握自己的诗观，顾及一首诗整体美的呈现，尤其念念不忘于节奏的自然发展。

风格互异，创作时的情况自然也不相同。我写诗绝大部分是在夜阑人静时进行，每当灯下独坐，舒纸展笔之际，如胸中风啸云卷，波涛澎湃，意象一个接一个地涌现，大多能意到笔随，甚或笔不及书，其结果通常是一首所谓

"重工业型"的长诗，但有时苦坐沉思，或绕室徘徊，偶然从袅袅烟圈中发现一闪火光，随即像捕捉蝴蝶似的匆匆将其攫住，然后往纸上一压，其结果可能是一首"轻工业型"的小诗。比较说来，前者往往需要宽敞的心灵空间，以便做长时间的酝酿。对于诗人，酝酿功夫极端重要，这也正是由米变饭、由饭变酒的必要过程。

最令我自己不解的是，有时我会在极偶然的情况下，任意挥洒出一些"无心插柳"的作品；这就是说，这些诗往往是我自己并不以为然，而大多读者却给以出乎意外高的评价，《独饮十五行》《金龙禅寺》《有鸟飞过》《裸奔》等即是如此。这些诗通常是未经苦思，遽尔成篇，好像它们早就隐伏在一不自觉的暗处，呼之即出。诗贵创造，而创造当以自然为佳。所谓"自然"，大概就是像一株树似的任其从土壤中长出，因而宇宙的秩序、自然的韵致、生命的情采也就都在其中了。

今日诗坛，反晦涩已成为某部分读者批评现代诗以及同代诗人攻击异己的战术之一，而我也曾一度成为被围攻的对象。晦涩不可成风，本为有心人的针砭，但"晦涩"一词通常由于使用者言之泛泛，未作界说，其本身反而先晦涩起来。文学史中，晦涩的诗所在多有，而且多为大诗人的作品。如就诗的构成而言，晦涩因素甚多，诸凡暗喻、象征、暗示以及形而上的与禅诗等手法，都是造成程度不等的晦涩的原因。无论如何，我们不能仅以"看不懂"此一理由而否定其潜在的意义与价值。严格说来，"晦涩"是一回事，"隔"是一回事，"乱整"是另一回事，三者不能混为一谈。"晦涩"是思想与风格问题，"隔"是境界问题，"乱整"则是作者的道德问题，但都与语言之处理有关，所以我常说，诗人是清醒着做梦的人；他可以是诗的奴隶，但必须是语言的主人。

另外，读者对诗的接受，层次各有不同，有的追求诗中的散文意义，有的仅求感通，有的偏好诗中的玄想，有的迷于诗中如梦的情趣，故诗的"可欣赏性"，往往因读者而异。对我个人而言，我宁取轻度的晦涩，而舍毫无艺术效果的明朗。不必否认，我确曾写过不少一般人认为晦涩的诗，要者如《石室之死亡》，我也曾改弦易辙，写过许多所谓"明朗"的诗，如《西贡诗抄》，以及本诗集中的大多数作品。然而,令人惊异的是,纵然明朗,竟仍然有许多读者看不懂,反而晦涩的诗却一再受到批评家的论析与评价。由此可知,"不懂"实在只是个别情况与层次问题,而且我始终相信"诗有可解、不可解、不必解者,若水月镜花,勿泥其迹可也"(谢茂秦语)这种说法,说是迷信亦无不可。

其实,现代诗发展到今天,清者自清、浊者自浊、晦涩成风的现象已成过去,问题严重的反而是因要求明朗化的矫枉过正而形成诗的散文化,此一倾向,近年来尤因"大众化"一词的滥用而日趋恶化。一般读者不能欣赏诗,主要原因乃在他们素来习惯散文的读法;直达作者的堂奥,既畅快又方便,迂回转折,太费心神,更不要说一径通幽的象征或暗示了。他们读得懂的诗大多文法清晰,结构无不逻辑,但不幸他们读的正是散文。为了大众化,势必散文化,唯其散文化,始能大众化,于是便形成一种恶性循环。一首难懂的诗,纵然障碍重重,其中含有可予衍生和转化的意义,可能性很大,但一首诗看了就懂,懂后发现不过如此,既无味可嚼,又无思可想,其本身是毫无可能的。我想,辨识诗与散文最简单而又有效的办法,就是把诗的分行形式改为散文的续接形式,结果如发现只不过是一篇"通晓明畅"的短文,这必然是一首伪装的诗。实际上,伪诗也有两种,一种情况是结构混乱,意象堆砌,情感泛滥;另一种情况是叙述分明,交代清楚,但毫无诗素可言。前者固不足为法,后者却成了走大众化路线的所谓"新现代诗"的致命伤。

基本上,我的一贯诗法是"以小我暗示大我,以有限暗示无限",而且深信:诗是透过个人经验,冷眼观世界的东西,潇潇洒洒,无拘无束,与现实的关系是不即不离,既是诗人生命情采的展现,也是时代与社会的脉搏,虽无实用价值,却需提供一种有意义的美(a significant beauty),我所谓诗的"纯粹性",仅此而已。

有个时期,我颇心仪形而上的诗,但终因难以掌握其中的玄奥,且不习惯那种以情喻理的表达方式,以致一无所成。我也曾迷恋过惠特曼,且一度认为目前台湾全心全力投入经济建设,亦如美国当年移民初期之大草原建设,我们诗坛正需要他那种以个人为基点,歌颂生命与创造,结构雄浑、气势磅礴的史诗形式，但我也仅止于心向往之，无力尝试。由于不满早年自己的狂热诗情，另一个时期我会扬言要写一些"冷诗"，冷诗并非理性的诗，亦非泰戈尔式的哲理诗，具体地说，王维的诗境庶几近之，但又不仅限于清风明月，即尽量抽离个人的情绪与成见，以求诗质的冷凝，迭经实验，可观者不多，仅《有鸟飞过》《某小镇》《金龙禅寺》《屋顶的落月》等七八首而已。

此外，我也曾对华勒士·史蒂文斯动过心，并试译过他一部分作品（载于《幼狮文艺》二三三期）。我发现，我与他的诗观颇为相近，比如，他认为"诗不是事物的观念，而是事物的本身"，这正与我的看法不谋而合。他的诗法确有独到之处，他是一位"思想性"的诗人，"理趣"也许就是他取胜之所在，台湾有人模仿过他，但仅袭其皮毛而已。我曾借用他的诗题"十三种看山鸟的方法"以及姜白石"数峰清苦，商略黄昏雨"的诗句而缀成"清苦十三峰"作为诗题，后有人据以妄称，我这首诗是受到史蒂文斯的影响，读者参阅我与史氏的作品后，当知其不确。这是附带的一点说明。

总之，我的文学因缘是多方面的，从李杜到里尔克，从禅诗到超现实主义，广结善缘，无不钟情，这可能正是我戴有多种面具的原因之一，但面具后面的我，始终是不变的。

三

我曾在给友人的一封信中说：诗人出版一本诗集，其严重性犹如结一次婚。以往我出的几个集子，都几近野合，草草了事，事后虽不致休了她们，但至今看来，一个个都成了不堪回首的黄脸婆，故这次结集交"中外文学"出版，是寄予极大的期许的。诗稿交印后，书名却大费思量。我曾在《创世纪》三十二期发表一辑《魔歌六首》，但事实上并没有《魔歌》这么一首诗，我一时兴起，便移作书名。诗集命名《魔歌》。其义有二：一为魔鬼之"魔"，一为魔法之"魔"。近年来我常被许多学院批评家拿到手术台上作临床试验，抽筋剥皮，好不惨然。颜元叔教授尝谓我因受超现实主义影响而"走火入魔"，诗之成魔，自非中国文学传统的正道，如韩愈生于现代，我也势必成为他挞伐的对象。我写诗从未焚香沐浴，正襟危坐，板起面孔在诗中阐扬正教名伦之道，我写性，写战争，写死亡，诗味既苦且涩，又不守诗律，难怪颜元叔与朱炎两位先生曾先后半褒半贬地说我有"不羁野马的诗才"。我自知诗才有限，而狂放不羁倒是实情，尤其近来我已由"乐诗不疲"而趋于"玩诗不恭"的境地，《翻译秘诀十则》即为例证，于此焉得不魔！

诗之入魔，自有一番特殊的境界与迷人之处，女人骂你一声"魔鬼"，想必她已对你有了某种欲说还休的情愫。古有诗圣、诗仙、诗鬼，独缺诗魔，如果一个诗人使用语言如公孙大娘之使剑，能达到"爞如羿射九日落，矫如群帝骖龙翔"的境界，如果他弄笔如舞魔棒，达到呼风唤雨、点铁成金的效果，纵然身列魔榜，难修正果，也足以自豪了，唯我目前道行尚浅，有待更长时间的修炼。

一九七四年十月二十日

## 《隐题诗形构的探索》自序

我写隐题诗的动机是很偶然的。

中国诗歌的艺术形式，有一部分纯属游戏性质，诸如宝塔诗、回文诗、藏头诗等，现代诗中也有所谓"具象诗"（concrete poetry），或称"图像诗"，后者虽然赋有某些较严肃的意蕴，但由诗句叠列铺陈的造型看来，其游戏性仍很明显。藏头诗除了游戏意味之外，还另有一种工具性，适于用来传递秘密信息，广为政治社团或地下帮派组织所运用。多年前我在一家书店翻阅《清史稿》，偶然中读到这么一首《天地会反清复明诗》：

天生朱洪立为尊
地结桃园四海同
会齐洪家兵百万
反离挞子伴真龙
清莲峰起迎兄弟
复国团圆处处齐
大家来庆唐虞世
明日当头正是洪

这首诗采用七律形式，其中句首隐藏了"天地会反清复大明"八个字。这显然是清代雍乾年间"清红帮"反抗满族入侵的宣传品，由于当时帮会徒众和一般民众的文化水平较低,故这类诗的造句与设譬都极粗俗,毫无艺术风格与价值可言,但这种藏头形式是否可注入饱满的诗素而创作出富于高度艺术性的作品来?不料这一反思竟诱发了我试写隐题诗的浓厚兴趣。在常年对诗艺的探索中,我一向喜欢在句构和语言形式上做一些别人不愿、不敢,或不屑于做的实验。这种要求乃源于多年来我对诗创作的一种自觉:我认为诗的创作大多与语言上的破坏和重建有关,因为诗人如不能自觉地追求语言的创新,只是一味地追摩当代的文学风尚,屈从意识形态的要求,甚或迁就大众读者的口味而陷溺于陈腔滥调之中,诗终将沦为一种堕落。身为诗人,不但要向他所处的文化生态环境挑战,更应不断地向他自己挑战。

我设想中的隐题诗,与前人所创仅有实用价值的藏头诗大异其趣;它是一种在美学思考的范畴内所创设而在形式上又自身具足的新诗型。它具有诗的充足条件,符合既定的美学原理,但又超乎绳墨之外,故有时不免对约定俗成的语法语式有所破坏,甚至破坏成了它的特色。具体说来,隐题诗是一种预设限制,以半自动语言所书写的诗,标题本身是一句诗或多句诗,每个字都隐藏在诗内,有的藏在头顶,有的隐于句尾,如果未经指点,读者通常很难发现其中的玄机。例如,我的第一首隐题诗《我在腹内喂养一只毒虫》:

我与众神对话通常都

在语言消灭之后

腹大如盆其中显然盘踞一个不怀好意的胚胎

内部的骚动预示另一次龙蛇惊变的险局

喂之以精血,以火,而隔壁有人开始惨叫

养在白纸上的意象蠕动亦如满池的鱼卵

一经孵化水面便升起初荷的灿然一笑

只只从鳞到骨却又充塞着生之恓惶

毒蛇过了秋天居然有了笑意,而

虫,依旧是我的最爱

这首诗旨在表达诗创作时的微妙心理过程，当它在《创世纪》八十四期发表时，就没有一位读者看出这首诗的诡异之处，我为竟无一人探知其中的隐秘而暗喜不已。这初次实验的成功，我想主要在于它的有机结构，换言之，即读者在未经说明的情况下，毫未怀疑这首诗的正常性，更不觉得这是一项经过精心设计的"文字游戏"。于是由此更激发我续写隐题诗的冲动，一年之内我总共完成了四十五首，并分别在台湾的各大报副刊，《创世纪》《现代诗》《台湾诗学》《联合文学》，以及香港的《文汇报》《诗双月刊》《当代诗坛》，四川成都的《星星》等刊物上发表过，在两岸诗坛引起了普遍的回响，诗人张默、向明、沈奇、范宛术、叶坪等也都做过同样的实验，成绩相当可观。沈奇写过一篇《再度超越——评洛夫〈隐题诗〉兼论现代汉诗之形式问题》，语多精辟，不仅指出这些诗的优缺点，更触及了中国现代诗语言的诸多潜在问题。我写隐题诗以来，也曾发生过一些趣事。去年，老友痖弦以授田证换来的补偿金，在老家河南南阳盖了一座青砖房子，闻之深为感动，便写了一首《痖弦以泥水掺合旧梦在南阳盖一座新屋》为题的隐题诗。今年九月间，痖弦返回甫阳探亲，行前嘱我把这首诗用毛笔写在一张四尺宽的宣纸上，带回南阳装裱，然后悬于那座新屋大厅的粉墙上。据他说，这幅字吸引了当地不少的乡亲与文士，观者无不啧啧称奇。

隐题诗会一度成为诗坛话题的焦点，肯定其艺术价值者固然很多，但异议者也不乏其人，比如，有人认为隐题诗是一种"自缚手脚"，或称之为"戴着脚镣跳舞"，这本是实情，我不以为忤。但在实际的写作中，我不但毫无自缚的窘迫感，反而觉得是一大解放，因为有时我会被迫放弃一些习惯性的语法，以致能从心所欲"不逾矩"地设计出全新的诗句。所谓"设计"，这是人机因素，乃诉之于心智，为任何艺术创作过程中不可或缺的一项制衡力量，但完成一首诗所需的天机因素更具决定性。写隐题诗尤其如此，开始的寻言造句，完全是在知性的激荡中进行，但灵感也随之骤发，因此偶尔会有意想不到的惊人意象出现。试以《杯底不可饲金鱼，与尔同销万古愁》一诗为例，在写到以"饲金鱼"三字为句首的三行时，单单这个"饲"字便大费思量。"饲"

字虽可写出许多不同的句式,每一句式都可有不同的含意,但必须扣紧与酒的关系。搜索枯肠之余,我列出了好几个句式,最后从李白"跳江捉月"的传说中获得灵感而写出:

饲一尾月亮在水中原是李白的主意

有了这一句,下面以"金鱼"二字开头的"金光粼粼中/鱼和诗人相濡以沫"二句,便不假思索,自然而然地涌出笔端。

我认为,语言受一点限制也许更能产生诗的凝聚力。自脱去旧诗格律的重重束缚之后,新诗从未形成基于学理的章法,才气纵横者笔下天马行空,尤能自成格局,但有更多的诗人任笔为体,漫无节制,而一般效尤者便认为写诗乃可任性而行,从不顾及语言的尊严。隐题诗之设限,即是针对这一缺失,强迫诗人学习如何自律,如何尊重语言对人类文化所提供的价值。唯有重视语言的机能,才能跳出语言的有限性,掌握诗的无限性。其实,对于一位既尊重语言而又善于驾驭语言的诗人来说,隐题诗的限制对他妨碍不大。每行诗如平均五六个字,其中虽有一字被固定,但仍有四五个字可任你自由发挥。这一限制并非有形的格律,其可变性远比律诗或商籁体为大。根据我的经验,隐题诗之所以具有挑战性,倒不在这一字之限,而在前后句子的相互照顾以及诗节与诗节之间的内在呼应。因此写作隐题诗时,不免惊险迭起,瘂弦以"踩钢索"来形容,沈奇则说是"一个自找苦吃的高难度动作"。我自己的感受确是如此,幸而大都能在冷汗淋漓中有惊无险,这或许就是促使我完成这一系列实验的诱惑力。当然,要做到有惊无险,主要靠我对有机结构的严格掌握。

在隐题诗的创作过程中,我经常面临两难的困境:一方面要谋求整体结构的有机性;在受限的条件下,行与行之间,节与节之间,尽其可能取得语意的统一与气氛的和谐,使整首诗的发展不仅能掌握它的内在律动,也能主控它的外在节奏,而达到韵致自然的境地。然而,另一方面又须全力追求语言的创造性，尽量做到"去熟悉"（defamilia razation），避免陷于语言的固定反应。在这两难之间，我为隐题诗造就出一项特色，那就是在建行与跨句的处理上采取一些破除既定规范的手法，重建诗的形构秩序。诗之大病，莫过于散文化，而散文化则源于诗中遍布散文的语法。一般人都习惯以散文方式思考，以逻辑思维写作，好处是通顺流畅，明白易懂，但不符合诗的内在规律，而隐题诗正好因每行都有一字之限，在整体的发展上不得不打破散文式的语法与结构，并以新的建行与跨句方式取而代之。比如，在《好怕走在他的背后，当他沉默如一枚地雷》一诗中，我对后半节的处理就是采取一种非常态的手法：

当蠹鱼吃光了所有的文字且继续产卵

他开始发愣

沉思

默想他雪一般的身世，惨淡

如一张白纸

一

枚无声的

地

雷，在最深处暗藏杀机

这种破坏后重新建立的诗行与跨句固然是罕见的，甚至是惊险的，但它重建秩序后最显著的效果是在节奏上产生了多样的变化。若非是隐题诗，这种写法简直不可思议。可以说对传统形构的破坏，正是隐题诗的风格和特色。不过，基本上我还是尽可能避免对语言结构原理及其表达能力做不必要的损害。

有时我会遭遇到难以克服的困难，例如，《蚯蚓一节节丈量大地的悲情》这首诗，其中"蚯蚓"二字如何分开排列，使我大费周章，最后只好破格写成：

蚯
蚓饱食泥土的忧郁

这显然是一大败笔，不足为训。再如，《咖啡豆喊着：我好命苦，说完便跳进一口黑井》这样的标题，其中"咖啡"二字的排列也使我在满足有机结构这一要求上打了折扣，因为我勉强写成：

咖啡匙以金属的执拗把一杯咖
啡搅得魂飞魄散

隐题诗张力的形成完全有赖于两种相反而又相成的力量：一方面由于每行都有一个字的预限，因而整首诗的发展似乎都绕着一个定点转，作者被一种无形的力量牵着走，但另一方面在语字的选择和剪裁上、意象的经营上、节奏的安排上，作者又都能施以绝对主动的操控，于是便产生了一种微妙的、主动与被动、限制与自由联想相互牵制所形成的矛盾。前面我曾说过，隐题诗的语言是一种"半自动语言"，这种语言形同放风筝：风筝系于长绳的一端，飘然而升，在天空御风翱翔，自由而美妙，另一端却被牢牢地抓在手中，不致被风吹走。例如，《行到水穷处，坐看云起时——赠王维》这首诗，当我写到"穷处"二字时，因受到限制而一时停滞不前，好在中国的语词丰富，可有多种选择。由"穷"字组合的成语即有"穷苦""穷困""穷年""穷途""穷凶极恶""穷而后工""穷兵黩武"等，但大多都不是我所需要的，为了呼应前面的诗行，最后我选择了"穷困"。然而，以下又何以为继？"穷困"本为一俗词，为了要使这一俗词不俗，做到如姜夔所说的"人易言之，我寡言之，人所难言，我易言之，自不俗"，我再三斟酌，终于在灵光一闪之下，跳出了"穷困如跳蚤"这一意象，接下来那个"处"字也就迎刃而解，立刻便出现了"处处咬人"这一警句。

隐题诗的标题偶尔会出现"了""之""的"等字，这类虚字最难处理。比如"了"字，用在句首的成语不多，我曾用过"了不起""了无新意""了无悔憾""了却情缘"等词，如果再碰到"了"字，那就难以了了了。"之"字我只用过"之所以""之乎也者""之前""之后"等。词穷时只好将"之"字单独建行，比如，在处理《你是传说中那半截蜡烛，另一半已在灰尘之外》这一标题的最后四字时，便不得不在跨句上另辟蹊径而写成以下的形式：

灰冷如大雪之将临
尘土
之
外，无一物可资取暖

"的"这一虚字在隐题诗中出现的次数最多，而用在句首的又实在太少，我除了用过"的确""的的确确"之外，其余也只好作破格处理，虽不合文法常规，却也无可奈何。因此，在选择诗句作为标题时，最好尽量避免这类虚字。

隐题诗如要写得精彩，固然有赖作者长期培养的炼字、煅句、剪裁成篇的功夫，以及营造意象、处理建行跨句等技巧，但在创作过程中，可能比一般诗的写作更容易产生爆发力。以下这些诗句都是在偶发的状况下泉涌而出，快捷有如神助：

飞，有时是超越的必要手段，入土
之后你将见到
蝶群从千冢中蹁蜷而出

……核子
能，要与不要都是一种不容选择的悲哀
对峙的两造人马把鱼尾纹都吵出来了

井以深沉
的独白述说着一小片天空的
暧
昧

碑石上的字比
上帝还要苍老

花的伤痛从蕊开始，泪
溅湿不了
泪中的火

鸟雀啁啾只不过是一只虫子惊叫的回声

楼上的箫声洒下一把
玉的寒意

这些警句虽然是灵感的产物，但其偶发性却又与那排列于句首的每个字有关。也许可以这么说，隐题诗中的警句得以瞬间闪现，且出现的频率颇高，主要归功于每行固定的那个字所发生的触媒作用。由此可见，隐题诗的整体艺术生命，完全系于预设的标题，凡以意象精致生动而又意蕴丰富的诗句用作标题，这首隐题诗的精彩大致可期。事实上每首隐题诗的内涵都是标题诗句的再诠释，原有含意的衍生与扩展。我这四十五首的标题，除了少数是临时现写的，或借用古人的名句之外，其余都是选自我的旧作。隐题诗之妙处即在它的"隐"，点出了它的玄机说不定会影响读者探究的兴趣。但隐题诗既是一种独创的新形式，总得为它找出一些可以自圆其说的论据，不过这些观点毕

竟是辩证性的,因人而异的,我并不期望人人都能接受,也不鼓励人人仿效
这种形式,因为一种新诗体是否能盛行于当代,适用于后世,绝非创设者本
人的鼓吹所能奏效。

一九九二年十二月一日于台北

## 诗的传承与创新
### ——《洛夫精品》自序

　　身为一个现代诗人，我经常不可避免地被询及有关古典文学的传承问题，我也曾多次公开讨论到传统与创新之间的辩证关系，也就是古典文学现代化的课题。但是由于这个问题本身相当复杂，容易滋生误会，故近年来内地诗坛某些人士，错将我归类为回归传统的现代诗人，认为我早年对西方现代主义的探索与借鉴，是一种文化上的迷失，于今"回头是岸"，已"幡然悔悟"了，在有关这类问题的论述中，他们往往把我当作一种反面教材。为了匡正这一不负责任的论断，澄清这个误会，我愿趁这个选集出版之际，试着做一番较为具体而明确的解释。

　　首先，对文学传统的继承问题，我有一个固执的看法，那就是，文学传统的薪火之所以能传承不息，绝不在于守成和复旧，而在于创新，如果不以"创新"为主导，则所谓"新古典主义"事实上只是形式上的"假古典主义"。任何旧的事物都会死去，但死去并不代表消灭；死去的是形体，而存在的是一种永恒的生机。一棵树即使活到一千年，总有枯死的一天，但它的种子落在泥土中又会重新冒芽生长，创造出一个新的生命，只是这棵树与前面那棵树已不是同一个生命了。如此新陈代谢，宇宙中一切事物得以生生不息，文学的传承亦复如是。

　　这个问题的另一关键是，创新不只是改革，不是小脚放大，而必须要脱胎换骨。"五四""白话运动"之前，曾有谭嗣同、黄遵宪等人倡议的"诗界革命"运动，致力于诗体的改革，"五四"后又有刘大白、刘半农等从事新体诗的实验，但结果人死诗亡，对后世毫无影响。诗的形式势必因时空的变迁而有所变，旧的形式日渐僵死，局部手术是难以起死回生的。不过，诗中有其可变和不变的因素，可变的是诗的语言和格律，不变的（或不易变的）是诗的素质——审美的本体。现代诗人扬弃的正是可变的部分，而应继承和进一步探索的则是那些不变的因素。

在台湾，早期的现代诗人为了创新，曾扬言要彻底抛弃传统的包袱，故有"现代诗是横的移植而非纵的继承"之说。他们抛弃的不仅是旧诗的传统，同时也是"五四"白话诗的传统，因为，白话文学初期所使用的语言浅白而粗糙，白话诗作者大多采用有感必发、有闻必录、未经剪裁、未经意象化的直接表达手法，故当时诗人使用的语言和技巧完全不能满足现代诗人表达上的要求，于是便只好乞灵于西方的现代主义。我个人认为，向西方借火有时是必要的，问题是，诗人不应流连异邦而忘返。一个民族的诗歌必须植根于自己的土壤，接受本国文学传统的滋养，在创新的过程中也就成为一种必要。某个时期，台湾现代诗人曾一度掀起回归传统的热潮，部分诗人为了刻意表示继承古典诗的余韵，凡写景必小桥栏杆，写物必风花雪月，写情则不免伤春悲秋，结果写出来的都是语体的旧诗。因此，当我们思考继承及创造新传统之时，必须具备一种含有历史意识的批判眼光；换句话说，我们必须放弃自我封闭的保守心态，一方面从传统中审慎地选择和摄取有益于创新的基本因素，另一方面也不排斥对世界经典文学的借鉴，尤其应从西方现代主义大师身上吸取新的观念与表现手法。

现代诗人在成熟之前，必然要经历长期而艰辛的探索和学习阶段，古典诗则是探索和学习的主要对象之一。在古典诗中，究竟什么是值得我们传承的呢？根据我个人多年的追求和实验，下列几点也许可以提供参考。

一、人与自然的和谐关系：大体说来，中国古典诗中多半具有浓厚的道家自然主义色彩，故田园诗形成中国古典诗的一大特色，即便是抒情或言志，也都透过由自然景物所组成的意象来表现。古代诗人大多做过官，罢官后又都归隐自然。他们的诗都能呈现一种淡泊与恬静的境界。这显然是他们在诗中表现出一种人与自然的和谐关系。不论诗人还是读者，感受到这种和谐之后，心灵便有了皈依，生命便有了安顿，进而对人生也有了深刻的反思和感悟，因而得以化解生之悲苦。

但近代社会由于机械文明的发达，人口密度增加，人际关系复杂，加以人为因素对自然生态的破坏，人与人固然冷漠无情，人与自然更是日趋疏离，因而现代人便陷于一种矛盾、焦虑、迷惘的困境。陶渊明"采菊东篱下，悠然见南山"这两句诗的好处，就是使读者能在自然亲和力的感染下，发现自我的存在。现代诗虽反映了现代人的苦闷和危机，却找不到化解之道。如果现代诗人能从古典诗中找回我们那些失落的东西，重建人与自然的和谐关系，现代诗便会具有哲学的深刻。

二、诗的意象化：中国的诗歌在形式上由四言到五言、七言绝律，在技巧上由浅白而深致，由直达而折射，由写实而象征，这都是文学演进的必然趋势，最显著的则是由平铺直叙的描写，进化到意象的呈现。所谓意象化，就是诗人把情感深刻地渗入事物之中，再透过鲜活而具体的景象表达出来，而这种表达是情与景的融合，故它是综合的、想象的、感性的、意在言外的，其审美效果就在"言近旨远"。换言之，就是以最精简而生动的语言，表达出最丰富而深刻的含意。杜甫精于七律，他的七律都是极其精致的意象化的诗。我认为杜甫的诗之所以能传诵千古，主要靠他经营意象的才识和功力。李商隐师承杜甫，也学到了把感情意象化的本领。"春蚕到死丝方尽，蜡炬成灰泪始干"，这两句诗之妙就在于使激情化为冷隽的意象，使情感有了深度。

现代诗虽尚未达到普遍圆熟的程度，但语言的意象化却是一项明显的成就。不可否认，现代诗人一开始是从西方现代主义学到了熔铸意象的方法，却暗含古人经营意象的各种技巧，只是在完整性和准确性上还不如律诗，有待诗人进一步探究。

三、诗的超现实性：诗中最讲究"虚"与"实"的处理，有时"虚"的部分更是诗人想象力飞翔驰骋之处，这就是诗的超现实性。古人强调超以象外，得其圜中，诗的艺术效果就在于抽象与具象的适当调配。诗太落实，便成了散文，庸俗无趣，太空灵又显得虚幻缥缈，流于晦涩；好诗都能在这两者之间取得恰到妙处的平衡。

西方超现实主义确曾对台湾的现代诗产生过深远的影响，我经常被评论家定位为中国超现实主义的代表人物。我早期的诗作如《石室之死亡》，的确有反理性、不合逻辑的倾向，但我对超现实主义是有所选择的，我接受它的某些表现手法，却不认同它的"自动语言"。后来我从中国古典诗中，发现许多类似的超现实手法，例如杜甫的《秋兴八首》，李商隐的《锦瑟》，都能达到"使无情世界化为有情世界，使有限经验化为无限经验"的超现实艺术效果，这对我日后的创作颇多启发。我曾写过这样的句子：

清晨，我在森林中
听到树中年轮旋转的声音——

这与杜甫"七星在北户，河汉声西流"的诗句，具有同样的超现实艺术效果。

西方超现实主义是彻头彻尾反知性的，强调事物之间的矛盾性与不合理性，把两件毫不相干，甚至相克的东西凑合在一块，以期产生一种新的美；至于这种结合能衍生什么含意，却不在乎。不过，我一向认为，诗是一种有意义的美，因此我的超现实观与其说是受到西方"超现实主义"的影响，不如说是受到中国古典诗的启发。我向往的是古典诗中那种"无理而妙"的审美效果，这很接近苏东坡"反常合道"的诗观，"反常"是表面上对现实的扭曲，却能形成诗中的奇趣，造成诗的惊喜效果。但"反常"必须"合道"，即符合我们的内在感应，也就是说，虽出意表之外，却在情理之中。

在二十世纪八十年代中期的台湾，我敢说没有一位现代诗人像我那样具有丰盈的古典精神。当时我认为，好的诗歌必然是超越时空的，一个诗人必须具有历史感，诗人唯有通过对古典精神的把握和古典题材的吸取和消化，才能使读者更清楚地看到历史的真貌。重要的是，我们唯有看清历史，才能深刻地了解我们面对的现实。基于这一认识,我曾一度热衷于从古典诗中寻求灵感,并学习古人的表现手法,也曾运用古典题材,经过加工和消化处理,写过不少现代诗,诸如《李白传奇》《与李贺共饮》《走向王维》等。最著名的则是以现代手法改写白居易的《长恨歌》。我也做过一些将杜甫、李白、王维、李贺、李商隐等的诗句加工改造,做旧诗新铸的实验,例如我把李贺的"石破天惊逗秋雨"一句改写为:

石破

天惊

秋雨吓得骤然凝在半空

有时我甚至也利用《世说新语》中的掌故或庄子的哲学寓言,改写成诗,前者有《猿之哀歌》,后者有《爱的辩证》,这首诗就是从庄子《盗跖篇》的一段话获得灵感:"尾生与女子期于梁下,女子不来,水至不去,抱梁柱而死。"

我认为对古典诗的改写,或对古典题材的加工与重铸,绝不是"古诗今译",而必须是一种新的创造,它不但是现代的,而且是非常具有个性的,其中一定要有他个人的观念,和他独特的美学趣味,否则他充其量只是一个翻译者,而不是诗人。

曾有人问道:"在你与古典诗有关的作品中,为什么多以古代诗人为写作对象?"我的看法是:中国古典诗中蕴含的东方智慧、人文精神、高深的境界,以及中华民族特有的情趣,都是现代诗中较为缺乏的,而我个人所追求的也正是为了弥补这种内在的缺憾。四十岁以前,我很向往李白的儒侠精神、杜甫的宇宙性的孤独感、李贺反抗庸俗文化的气质,但到了晚年,我却转而欣赏王维的恬淡隐退的心境。我发现,现代诗强调知性,直接介入现实人生,这固然有其时代意义,但有时我也觉得现代诗太冷酷,不能与时空保持一种超然的距离。如果以古典诗的表现手法来处理现代生活中的题材,是否可能产生意想不到的艺术效果?这便是我近二十年来所做的实验。我在诗中运用古典题材来表现东方智慧，有人误以为我在"回归传统"。正如前面所说的，这是一种谬断，因为旧的传统是不可能，也没有必要"回归"的，我只是希望回到中国人文精神的本位上来。我所追求的是最现代的，但也是最中国的，继承古典或发扬传统最好的途径就是创新。创新才是我最终的目标，最本质的追求。

## 《洛夫诗抄》小序

我爱雪。下雪时我喜欢抓一把雪来擦手，水洗不干净的手，雪可以擦干净。我的诗多半是在手还没有完全擦干净之前写的，所以，诗即是介于雪与肮脏之间的东西，理想与现实之间的东西。

我真不知道诗是怎么来的，有时蹙眉苦思久等不至，于是我去读书，书中可能真有黄金屋、颜如玉，可就是没有诗。我向一位高僧叩问，老和尚趺坐无言，一只耗子从他的蒲团上爬过，也未把他惊醒。我去海边散步，拾得许多贝壳，听到贝壳中阵阵浪涛之声，却仍未激起诗的灵感。回来睡了一觉，被一阵雨声吵醒，推开窗子一望，发现墙脚一条淡淡的水迹，内心微微一动，很快便写下了《雨想说的》这首小诗。

我是一个很落伍的现代诗人。我是电脑盲，我完全无视于别人的讪笑。发e-mail哪有写信、贴邮票、跑邮局来得实在；生命的意义是一脚一步走出来的，而不是手指一下一下敲出来的。我喜欢用笔写诗，笔与纸相互摩擦所产生的那种快感绝不输于做爱。有时我更喜欢用毛笔写诗，这是多数人无法想象的享受，诗与书法这两种美的结合，可创造出一个更丰富的二元融合的宇宙。

书写《诗人手稿》等于重温一遍当时誊写这些诗的初稿时的那种感觉，真好。

是为序。

二〇〇三年六月初夏于温哥华

# 小诗之辨
## ——《洛夫小诗选》自序

　　学者主张，中国文学的传统乃一抒情传统，事实上我认为就是诗的传统，而中国古典诗从《诗经》发展到近体诗的五、七言绝律，都是小诗的规格，虽然这种小诗也能写出"功盖三分国，名成八阵图。江流石不转，遗恨失吞吴"如此超越时空、创造历史的大题材，但大多出于纯粹的心灵感应，既可表现大自然和人性的融会与交辉，也可拉近镜头，摄取朋友之间的交往和馈赠，以及生活中的小趣味，这类抒情小品在古典诗中占有极大比例，所以，如果说中国诗的传统乃是小诗传统也未尝不可。

　　小诗的特征，除了用字经济、句构简短之外，其表现手法更侧重"赋比兴"中的"兴"，换言之，其中暗喻起了主要作用，象征的意义大于文字表面的意义，因而能留给读者极大的想象空间，读之不尽，越读越出味。古典诗的句构本身就像海绵似的具有很大的含纳量，即使一首只有二十个字的五言绝句，仍可形成一个完整而丰富的有序世界。相形之下，语体新诗的结构在本质上就松散多了，如要经营一首好诗，就不得不在语言张力和象征手法上多下功夫。

　　有些诗评人称许我的长诗，谓以气势胜，且能贯通历史与现实，但一般读者却宁愿喜欢我的小诗，说我某些十来行的小品剔透玲珑，颇有唐诗绝句的味道，有些还富于禅趣。我想，前者可能是就意象而言，后者乃指那种在意义上无关宏旨，却隐隐然有一种任意挥洒、不落言诠的妙悟。其实我的小诗既不像唐诗那样"羚羊挂角，无迹可求"，使人觉得好像诗人都是不食人间烟火的族群，也与禅师所写悟道的诗迥然不同，试以这首《华西街某巷》为例：

一位刚化过妆的女人站在门口

维持一种笑

有着新刷油漆的气味

另一位蹲在小摊旁

一面呼噜噜喝着蚵仔汤

一面伸手裤裆内

抓痒

　　这首小诗的意象有两个特点：一是简明，一是鲜活。这也是绝句的特征，但这首写台湾二十世纪六十年代倚门卖笑的娼妓的诗，却有着古典诗所缺乏的那种辛辣的反讽的现代感。

　　就内容或结构而言，我的小诗显然并不是唐诗的复制品，但不容讳言，我确曾从唐诗那里借过火。我从小喜欢唐诗，至今我仍沉迷于"山路原无雨，空翠湿人衣"的空灵境界。然而，这种诉诸直觉、透过心灵感应所产生的诗，并非搜尽枯肠寻觅而来，而是"妙手偶得之"。因此，一首好的小诗通常都是在灵光一闪之间迅速完成的，所谓"神来之笔"是也。根据我个人的经验，这种小诗的创造过程由于未经深思熟虑，而是突然的爆发，诗句不易牢记，过些日子再从抽屉中拿出来看时，自己会惊喜地叫起来："这是谁的诗？"

　　中国古典诗有些是苦吟而成，加以用典设譬的种种障碍，对于缺乏深厚的中国文化涵养的读者而言，读来倍感吃力，所以"五四"后的新诗人力倡明朗化。有个时期台湾某些诗人也倾向普罗化，追求明朗，走白话诗的老路子。他们分不清诗的明朗和散文的明朗之间的区别，结果写出来的诗多为分行的散文。小诗为灵气所钟，讲究"下字贵响，造语贵圆"，亦如严羽在《沧浪诗话》中所说："意贵透彻，不可隔靴搔痒；语贵洒脱，不可拖泥带水。"我认为小诗才是第一义的诗，有其本质上的透明度，但又绝非日常说话的明朗。散文啰啰唆唆一大篇，犹不能把事理说得透彻，不如把它交给诗，哪怕只有三五行，便可构造一个晶莹纯净的小宇宙。

　　小诗的规格如何？多少行之内才可称为小诗？这不仅至今尚无定论，以往也找不出权威性的解说。我主张十二行，这纯粹是个人的权宜之想，没有任何客观的美学准则。我这样设限主要是为了编小诗选的方便，如只选十行以内的诗，则不少超过一两行的好诗就不得获选，如行数不限，则又漫无标准，编小诗选这件事就根本无从着手。

　　这次我应树清之邀为小报文化公司编的这个小诗选，就是基于这一设想。削足适履？多少有点嫌疑，但不全是。

一九九八年五月四日于温哥华雪楼

## 《石室之死亡》再探索
### ——《石室之死亡及相关评论》跋

　　《石室之死亡》是我早年投身现代诗创作的一块重要里程碑，也是中国新诗史上一项空前的实验。这首诗最初刊于一九五九年七月《创世纪》诗刊第十二期，迄今已历二十八年。结集出版数年后，坊间即已绝迹，年轻读者大多仅闻其名，或在选集中偶见残篇，或在评论中读到一二摘句，均无机缘得窥全豹，故好奇心日盛，每于谈诗场合中，总有人向我问到这个诗集何时可以出土，再版问世。

　　《石室之死亡》虽湮没日久，却一直受到批评界的注视，历年来的评论文章累积起来不下二十万字。这些意见的争议性甚大，有两极化的倾向，于是概述台湾现代诗发展史的人，便对这个诗集下了一个"毁誉参半"的结论。对我来说，《石室之死亡》既是一项极具原创性的实验作品，或誉或毁，都不重要。它虽非不朽的巨构，但也不是繁琐平庸之作，它的主题虽不受时空的限制，但它的历史地位，似应放在它产生的时空背景中去衡量。

　　《石室之死亡》从最初发表到出版，共历五年之久，其间曾以十行一节，或不定行形式，分别载于《创世纪》诗刊、《蓝星诗选》《现代文学》《笔汇》《文星》等刊物。这段时间，我的文学生命正处于狂热的巅峰状态，诗情丰沛，感性敏锐，阅读广泛而专注，汲取西洋文学和艺术观念及创作技巧，如长鲸饮水，涓滴不遗，而当时的现实环境却极其恶劣，精神之苦闷，难以言宣，一则因个人在战争中被迫远离内地母体，以一种漂萍的心情去面对一个陌生的环境，因而内心不时激起被遗弃的放逐感，再则由于当时海峡两岸的政局不稳，个人与国家的前景不明，导致由内地来台的诗人普遍呈现犹疑不定、焦虑不安的精神状态，于是探索内心苦闷之源、追求精神压力的纾解、希望通过创作来建立存在的信心，便成为大多数诗人的创作动力，《石室之死亡》也就是在这一特殊的时空中孕育而成的。

一九五八年，金门发生激烈炮战，中外轰传，其时我正在台北大直军官外语学校英语班受训，六月间我写了一首颇具规模的突破性的诗《我的兽》，这是我告别浪漫的《灵河》时期，而开始尝试现代诗创作的一个起点。至今我仍无法确定这首诗的灵感是否与炮战有关，但可以肯定的是，这首诗初次表达了我对人性以及存在意义的质疑。一九五九年五月，我由外语学校毕业，七月被派往金门战地担任新闻联络官，负责接待来自世界各国的采访记者。不知出于何种默契，当时的炮战双方都遵守"双打单停"的约定，故每逢单日，外国记者便蜂拥而至，我的任务便是陪同他们参观阵地或访问碉堡。有时单日照打不误，虽然发射而来的炮弹内装的只是传单，但声势依然吓人，如当头击中，自不免血肉横飞，故出任务时的危险性极高。

最初，我在一间石块堆砌的房子里办公，夜间则到附近另一个地下碉堡中睡觉，及到三个月之后才搬进一个贯穿太武山、长约两百公里的隧道中去住，由于记者都在当天下午搭机返台，晚上通常都很清闲，可是也相当无聊。为了避免暴露位置，隧道内经常不发电，晚餐后大家除了在黑暗中聊聊天之外，便是睡觉。开始我很不习惯这种生活，经常失眠，在黑夜中瞪着眼睛胡思乱想，有时在极静的时刻，各种意象纷至沓来，久而久之，在胸中酝酿成熟，便蠢蠢欲动，直到八月某日，我在办公室开始写下《石室之死亡》的第一行：

偶然昂首向血水涌来的甬道，我便怔住

《石室之死亡》最初的主题是死亡，一开始出现这样的句子本是很自然的事，但我觉得太直接，不够好，推敲再三，便改写为：

只偶然昂首向邻居的甬道，我便怔住

正在一面思索，一面斟字酌句地修改中，室外突然传来一阵炮弹爆炸声，震得石室一阵摇晃。坐在我对面的一位上尉军官吓得躲到办公桌下去了，而我这时灵感骤发，只顾低头写诗，在我面对死亡威胁的那一顷刻，丝毫不觉害怕，只隐隐意识到一件事，如果以诗的形式来表现，死亡会不会变得更为亲切，甚至成为一件庄严而美的事物？这就是我在战争中对死亡的初次体验。

在"金门战地"一年之中，我的确思考了一些问题，对生命本身也有相当深刻的体认。战地缺乏休闲活动，我唯一的消遣是读书，记得当时阅读的作家包括尼采、萨特、贝克特、瓦莱里、里尔克等，以及超现实主义者零星的诗作翻译。我搜集资料，潜心研究超现实主义的理论，已是五年以后的事，故超现实主义的美学对《石室之死亡》的创作不能说毫无影响，但这种影响只是零碎而间接的。换言之，没有任何一位西方超现实主义者对我此时的创作观念有过具体的影响。

其实，此时最使我动心的作家是奥地利诗人里尔克，他在诗集《时间之书》中的玄思和宗教情怀，很能与我当时的心灵契合。在那孤悬海外的岛上，日日面临死亡的威胁，恐惧、沮丧、孤独、无奈，诸感丛生，渐渐被压抑成一种内在的呐喊，却又有一双看不见的手捏着喉咙，不让发出声来。岛上冬天气温低，每逢晴天又没有记者来访，我便裹着大衣，口袋装一本里尔克的诗集，爬上太武山的山腰，找一块干净的巨石躺下来晒太阳，看书，享受我最轻松而宁静的时刻。《时间之书》中的诗句都是里尔克与神的对话，我一面读诗，一面感觉到好像我自己也在与身旁的石头、树木、野草、天空的浮云、脚下的虫蚁、远处的大海对话。纪德在《地粮》中说："每一种创造物使我们与神远离，只要我们的目光一固定在它身上。"这不也就是里尔克的泛神观吗？此时，一切都是那么静穆而安详，各得其所，各具神性，只要你能专注而不执拗，万事万物中你都会感觉神的存在。

日后，这种宗教情怀在《石室之死亡》诗行间逐渐弥漫开来，并形成一种近乎祈祷的呼声，一种祈求救赎的呼声，充满了悲悯与圣洁。

> 暴躁亦如十字架上那些铁钉
>
> 他顿脚，逼我招认我就是那玩蛇者
>
> 逼我把遗言刻在别人的脊梁上
>
> 主哦，难道你未曾听见
>
> 园子里一棵树的凄厉呼喊

—《石室之死亡》（第十首）

　　《石室之死亡》自序开头便说："揽镜自照，我们所见到的不是现代人的影像，而是现代人残酷的命运，写诗即是对付这残酷命运的一种报复手段。"正因为如此，一般读者与批评家也就只往人的方面去想，他们看到诗中人的受难形象，听到人的孤独与悲伤的哀鸣，却很少有人体认到隐藏在各个意象中、作用于我内心中的神的存在，甚至也未感受到诗中那种严肃的宗教气氛。在《石室之死亡》的写作过程中，有时觉得我并不是在写一首诗，而几乎是在做一件极其严肃而真诚的、介于人与神之间的沟通工作。

　　我曾是一位虔诚的基督教徒，受过两次洗，后来因为看到各种矫揉造作的宗教仪式以及邪恶犹胜魔鬼的宗教暴行，遂心生厌恶而远离了世俗的教会。我曾写过一篇叙述我的宗教经验的文章，题目为《神在我心中》，其中我表明了一个观念，即我一直相信，人与神共为一体：没有神，人是孤独而残忍的，与兽无异；没有人，神性无法彰显，神根本就不存在。但我必须要说明的是，《石室之死亡》绝不是一首宗教诗，只是它在表现人的存在经验和探讨人的悲剧命运的同时，也触及人性中的另一层面——神性。当然，从《石室之死亡》的整体看，不管它涉及宗教或哲学到何种程度，最后它毕竟还是诗的，亦如里尔克的《时间之书》。

　　现在仅就诗的表现部分来谈谈历来对《石室之死亡》的批评，不外这几个观点：优点是气势磅沛，诗质稠密，意象迫人；缺点是晦涩难懂，而造成难懂的原因，一是意象复杂，过于拥挤，一是诗思发展方向不定，语意难以掌握。就传统的美学观念和诗的原理而言，这些批评（仅指缺点）当然是对的，问题是《石室之死亡》乃一前所未有的特殊作品，特殊到即使令文学批评家与文学史家心生嫌恶，因而将它摒弃于文学史之外，我也不会感到惊讶。但在《石室之死亡》初版二十三年后，今天再以专题论集的方式问世，我愿借此机会，对若干问题略加解说。

《石室之死亡》并非完全不可理解，难懂是事实，但某些难懂之处是可以说明的。首先，比如人称问题，在《石室之死亡》集中，这点最容易使读者失去对语意的掌握。在散文中，你我他三者都有明确的界定，稍有混淆，势必影响行文的流畅，致使含意不明。但诗的含意本质上是象征的或暗示的，以此喻彼，是正常的手法。诗中的"你"，不一定就是通用于散文中的第二人称，"他"不一定就是第三人称。像《石室之死亡》这样的诗，它是知性的，也是内省的，故其中的"你"或"他"，有时可能就是指我自己。这点，当我们面对镜子的时候就能理解。镜外的我是自然或现实中的主体，但相对于镜外的我而言，镜内的我往往会转移为"你"，而成为被审视与诘询的对象，或转移为"他"，而成为被漠视、与我毫不相干的对象。我在某些诗中处理人称时，经常运用到这种转移手法，其效果虽增加了诗的复杂性，却也加强了诗多层次的含意。在《石室之死亡》中，情形略有不同，正如前面所说的，其中的"你"大多指寓于各种事物中的神。至于如何才能分清这些复杂的人称关系，则须以上下文或前后意象的关系而定。

《石室之死亡》的难懂，关键之二乃在语法与结构不再符合传统文学的常规。《石室之死亡》一诗是"一座原始的莽林"（秀陶语），其中参差并置着险峻的悬崖峭壁，以及嶙峋突兀的怪石巉岩，正因为它是原始的，未经人工刻意修饰的，有些地方必然是反理性的，反历史观的，不合逻辑与文法的。但一首出于自觉、有表现企图，且被批评家（如林亨泰）视为具有强烈批判意识的诗，为何在表现手法上却又显得如此矛盾？其实，在写作这首诗的过程中，我完全没有考虑到这个问题，而今天回过头来重新对这个问题加以省思时，我才发现这个矛盾并不存在。我认为《石室之死亡》中诸多不合常理之处，主要是由于它泯灭了时空的界限，以呈现出事物本身的原貌，而唯有摒除后设的各种障碍而现出的原貌，才能解释生命与死亡、宇宙与个人的各种复杂问题。康德认为，时空乃出于人的主观意识，用以形成人的思想结构的框架和透视一切事物的点线。时空的构成乃由于人的官能中具有一项特殊的装置，像一副脱不下的凹凸透镜，利用折射作用，映出人所经验的一切宇宙现象和秩序。然而宇宙中任何事物都有其本貌，与由人的主观意识形成的世界不尽相同，一旦将这副主观的时空透视镜取下，一切不同的时空便可在同一平面上并存。

康德的话很可以解释历代诗人与艺术家创作之所以不朽的道理，而此一把时空压缩一体，使万事万物不分先后同时并存的观念，早已在中国老庄和禅宗的思想中出现，只是现代文学和艺术在这方面做了更多的实验，诸如乔伊斯的《尤里西斯》、福克纳的《喧嚣与愤怒》、艾略特的《荒原》等。《石室之死亡》在运用"时空压缩"的手法上虽不新鲜，但对于要求作品合乎常规的读者而言，这首诗自然就成为一种反传统的异端了。

如果说，二十世纪五十年代的台湾现代诗大多受到西方现代主义的影响，诚然是事实，但认为这影响一定是恶性的，则又未必其然。《石室之死亡》即曾借用西方多种技巧，以表现当时的历史现实和内心经验，虽说超现实主义的表现手法对这首诗多少造成一些阅读上的障碍，但也大大有助于我后期作品的提升。张错在《千曲之岛》《台湾现代诗选》中评介我的时候说："时至今日，我们应可感受到，洛夫所强调的超现实表现，是他的优点，也是他的缺点。"我觉得这句话概念不清，判断也不准确。第一，超现实的表现只是一种手法，亦如浪漫、象征、立体、未来、达达等诸多现代文艺思想的表现手法，它本身仅是一种中介技巧，无所谓优点或缺点。第二，时至今日，我的发展正好与他说的相反，在数十年的创作过程中，我曾将超现实手法做过批判性的调整，并与中国古典诗中暗合超现实手法的技巧相互印证，加以融会，而逐渐形成了一套我自己独特的表现手法，也逐渐才有《魔歌》《时间之伤》

《酿酒的石头》等诗集中成熟的表现。就算早年的《石室之死亡》有其失败之处，而我后期诗中之所以能突破时空的局限，突破后设语言的藩篱，而"创造出虚实相生的诗境，直探生命和宇宙万物的本貌"，除了师法古典之外，无不拜超现实表现手法所赐。其实，我极不愿在此再提到"超现实"一词，因我目前的表现手法早已超越了"超现实"手法。简政珍说得对："正反有无的交错，肯定和否定的交杂，是典型洛夫作品世界里的现象。"故凡懂得老庄的人，就不难了解我诗思和诗艺的根源之所在。

艺术创作之成，有其天机因素，也有其人机因素。早年写《石室之死亡》时，一直隐隐感到有一只无形的手在操纵着我，意象之涌现，有如着魔，人失去控制，自己未能成为语言的主人。在当时并不觉得如何，然而时隔二十多年，由于观照人生角度的调整和创作观念的蜕变，今天再回头来检视当年的旧作，发现在意象处理上确有许多自己不尽满意之处，于是在一九八六年年初，我曾许下全面改写的宏愿，却迟迟未曾下手，及至六月我才开始动笔。我的想法是：尽量保留原作的内涵和气氛，而将过于密集的意象，重作疏落有效的安排，将累赘的长句改短，或将原有的一行截为两行，以求节奏的舒缓。我最大的愿望是调整结构，使诗思的发展方向趋于稳定，甚至不惜牺牲原有的张力，在两个意象之间添加一些散文句法，以加强诗的传达效果。花了三天时间，我终于如此这般完成了第一首的改写。

就在此时，适叶维廉客座台北"清华大学"，讲授现代诗。有一次，他邀请痖弦与我到他班上去现身说法，讲述我们早年的创作经验。我讲的就是《石室之死亡》，同时也报告了我的改写计划。但不料班上同学都不以为然，他们一致认为，与其耗时费神改写旧作，不如另写一首新作，晦涩难懂本是这首诗的特色，何必为了迁就今天的读者而破坏它的原貌。想想也有道理，后来我将改写的第一首与原作对照，果然发现不如预期的好，虽然意象经过修剪，表达的意念较为明确，却也因而失去了原诗的力量，且诗质大为降低，尤其将原来的十行形式打破后，结构大为松散，淡化了原有的庄严感，于是全面的改写计划便只好放弃。我改写的动机，无非是希望这首诗能变得平易近人些，改写计划流产之后，我突然想通了一个道理：山耸立在那里，它永远不会向人走近，只有人向山走近。要想改变两者的位置——移山就人，岂非庸人自扰！

《石室之死亡》为一首长诗，却由六十四首短诗组成，当初我的构想是，它既可以是一首主题贯穿全局的长诗，而每首短诗又可视为一个独立的单元，故五年之间，当它分别于各诗刊杂志上发表时，形式各不相同，有的十行一首，有的行数不定，但最后结集出版时，全部改为十行一首。十行一首本为我最初设计的形式，而日后分开发表时改为不定行数，只是权宜的处理，别无其他作用，不料这点竟引起好事之徒的挑剔。去年（一九八六），《文讯》月刊举办第二届现代诗学研讨会时，许悔之曾提交一篇论文，题为《石室内的赋格——初探〈石室之死亡〉，兼论洛夫的黑色时期》，报告后即交会讨论。讨论中，出乎意料地有人指出，《石室之死亡》在发表过程中不但一再改变题目，且又以《太阳手札》为题，另收入《无岸之河》诗集中，因而妄言作者如此处理，态度有欠真诚。此一指责，曾当场引起与会诗人一场激辩，我自己也有所说明。我认为这完全是存心诬栽，因事实很明显，当我以不定行数发表时，虽另外冠有题目，但每首都标有"石室之死亡续稿"的副题。《无岸之河》是我的一个选集，其中共分五辑，《太阳手札》一辑收入的即于不同刊物发表而另冠题目的"石室之死亡续稿"，当时唯恐引起读者的猜疑，特在《太阳手札》辑名之下标明"选自《石室之死亡》"，且在自序中有更详细的交待。当年我处理此事本极审慎，我认为只要不是剽窃他人作品，作者自有权更改他作品的题目，甚或内容，而更改后既有说明，正是作者负责的表现，这与作者的态度是否真诚，毫不相干。

一九六九年，叶维廉曾将《石室之死亡》中的第一、二、五、十二、十三、十八、十九、二十二、三十五、三十六、四十、四十一、四十二、五十一、五十二、五十三等（第五十一、五十二、五十三三首发表时之原题为《最生之黑》）译成英文，收入他的《中国现代诗选》（*Modern Chinese Poetry*），一九七〇年由美国爱荷华大学出版，其中多首为美国汉学家白芝教授（Cyril Birch）选入他编的《中国文学选集·卷二》(*Anthology of Chinese Literarure Volume2, from the 14th Century to the Present Day*)。约三年前（一九八五年），有一天我突然接到美国年轻翻译家陶忘机先生（John Balcom）的来信，说他正埋首翻译《石室之死亡》，并寄来一部分译稿，希望我加以校正。我与陶忘机先生素昧平生，只知道他热爱台湾现代诗，曾来台留学一年，现正在密苏里华盛顿大学攻读博士。陶氏的中文阅读能力甚强，对诗的悟性尤高。对一位外国人来说，要把像《石室之死亡》如此高难度的作品译成另一种语言，想必是一项绝大的挑战，但历时三年，数易其稿，陶氏终于在今年完成了《石室之死亡》的全部英译稿，据说目前正在寻求出版，可是由于种种原因，我对此并不乐观。

二十三年前（一九六四），香港诗评家李英豪在他的《论〈石室之死亡〉》一文中说："我可预言，《石》诗的真正价值当在十年、二十年、三十年，或数十年之后始被估认。"于今《石室之死亡》终得以新的面貌再度与读者见面，这是否就是李英豪预言的实现，我自己不敢妄断，但使我欣慰的是，至少这首诗在长期的尘封中幸未遭到时间的淘汰，这次《石》诗的再版，多亏侯吉谅的催生与策划，如果没有他在百忙中搜集资料，精心编辑，这首诗又将不知于何年何月始得重见天日。

一九八七年九月九日

# 写禅诗的心理体验
## ——《背向大海》自序

　　自二〇〇一年长诗《漂木》出版后，似乎利空出尽，约有半年时间未曾提笔，诗田荒芜，颗粒无收，有人论及《漂木》时都会说一句"这是洛夫的封刀之作"。的确，我自己也有那么一些倦怠感，其实很久前我就写过一首《戒诗》的诗，说什么"戒饮露食花之贪／戒水中捉月之嗔／戒临流悲叹之痴／戒举杯唱大江东去之狂／戒揽镜对自己冷笑／戒望着天空随风而去的纸鸢发怔／尤须戒读报时扼腕顿足之种种"，然后呢？

　　　　然后衣带渐紧
　　　　然后血压升高
　　　　然后将一身痴肥塞满藤椅
　　　　在阳台上挥扇喝茶
　　　　斥群雀聒噪……

　　前数行要戒的都是一个古典诗人的浪漫情怀，这也说明当年我有不屑做一个自命风流、诗人意识特强的人的自觉，最后几行甚至有点自嘲自谑的味道。写诗犹如抽大烟，要戒何其难哉；近年来人在海外，寂寞与安静同一含义，雪楼是我无限的时空，也是唯一的天地，无诗无酒之时只有读书写字，但久而久之，心灵的空隙不知不觉又有新芽冒出，于是休耕一段时间后，诗心不免蠢蠢欲动，自觉人老宝刀尚未生锈，犹可一试锋芒。

　　重新出发时，这才发现创作力大不如前，甚至以为写诗数十年，足跨两个世纪，要写的题材都已写尽，但细想其实不然，诗与生命等值，诗与生活同质，只要生命一日犹在，诗火便一日不熄。年轻时诗思丰沛而机敏，创作企图很大，经常写一些横跨时空、穿越历史、表现大题材的作品，如《石室之死亡》《长恨歌》之类；到了晚年，虽创作力衰退，但因技巧成熟，写来更加得心应手，《漂木》这样的大制作完成后写的一些小诗，都是从日常生活中信手拈来。此外，近年来，我写了不少记游诗，每年中秋前后我都会应邀去中国内地开会讲诗，旅游访友，足迹遍及大江南北，览胜于名山大川之间，穿行于历史神话之中，岂能无诗，例如二〇〇二年畅游南京，便有《秦淮河诗抄》四首，二〇〇四年游江南，便有写扬州、无锡、杭州等地的四首诗，其间游苏州时曾有缘在极负盛名的寒山寺住了三天，事后写了一首《夜宿寒山寺》，有诗评家认为这是一首不错的禅诗。在寒山寺那几天不但吃腻了素食，还有两事值得一书：一是为该寺附设的禅学院一群年轻和尚上课，讲了一堂禅诗。一登上讲堂，我突然发现一百多颗光亮而腼腆的头颅仰起来看我，这是一道特殊的风景，看得我一脸错愕；二是在住持秋爽和尚的坚邀下，我以我拿手的行书笔法为寒山寺写了一幅张继的《枫桥夜泊》，不久后刻在一块大石碑上，很神气地并立于历代书法名家，如文徵明、苏东坡、黄庭坚、林散之、沙孟海、启功等刻碑之林。朋友游寒山寺都会在我的书法碑前拍照留念，还不忘寄我一帧。今年四月，我趁去苏州开会之便重游寒山寺，才有机会亲睹此碑。这样的诗碑，我在内地共有四块，分别竖立于河南开封、湖南张家界、常德和江苏苏州寒山寺，其中两块写的是古人的诗，两块写的是我自己的现代诗。

　　这个集子中有几首题材异常，逸出我既定风格的作品，例如《大悲咒》，乃以我个人诗性语书把佛教为消灾祛难而诵持的、有音无义、从梵文音译过来的《大悲咒》，写成一篇似咒也像诗的东西。记得当时在联副发表时，曾获得不少掌声，但也收到一两封来自寺院的抗议信。还有《苍蝇》，是一首未采用任何暗喻与象征手法的叙事诗，当然也不是平铺直叙的散文化，而仍有我独特的诗法，事后我还为这首诗写了篇解读的文章。其次，另有几首近乎后现代主义的诗：《异域》与《汽车后视镜里所见》。前者写我在异国生活的体验，后者则写透过诗眼所见到的现代人生。汽车后视镜是一个观察社会众生相的特殊窗口，透过它，我们看到一切在后退，后退的是现实人生，而前进的反而是人的欲望，包括色欲和贪婪，镜中反映的是现代都市的腐败，现代文化的堕落。

　　作为书名的《背向大海》是一首长达一百四十行的禅诗，也是《漂木》问世后的另一首长诗，写我在二〇〇五年深秋应愚溪之邀寄宿花莲和南寺那儿天，清晨黄昏背向大海、面对寺院时的心灵感应。每天在涛声与钟磬木鱼的交响中，看到落日从我的背后冉冉下沉。每一个海浪都使我心情激动，而落日余晖的微温又让我安静下来，和南寺的诵经之声沉淀出一片亘古的宁静，与背后大海无休无止的骚动，在我内心形成一种微妙的平衡，一种失去时空感的永恒，也是一种物我两忘的美和物我都不存在的空，这，也许就是诗与禅的妙悟境界。

二〇〇七年六月初于温哥华

# 禅诗的现代美学意义
## ——《禅魔共舞》自序

　　在中国传统美学中，禅悟是一个审美心理活动的重要概念。在诗中，禅悟又须与境界建立起有机性的联系。禅悟，以宋代严羽的话来说，也就是"妙悟"，他在《沧浪诗话》中说："大抵禅道唯在妙悟，诗道亦在妙悟。"不论渐悟或顿悟，这个"悟"就是进入禅道的不二法门。禅宗之所以强调"悟"，是因为所谓佛理是一种"实相无相"的微妙法门，就诗而言，这种"实相无相"就是诗的境界，以现代心理学的观点来看，这是在人的潜意识里，因纯粹心灵感悟所产生的空灵境界。禅道在于空，诗道在于灵，所以空灵为禅诗不可或缺的一种属性。

　　空灵也是纯诗的一种特征。

　　我早年写诗便有一个突破性的想法：企图将禅的思维与生活中偶尔体验到的禅趣引入诗的创作，为现代诗的内涵与风格开辟一条新的路向。这是我的第一部长诗《石室之死亡》出版时的境界。

　　时隔四十余年，我这一得之见，至今并无本质上的改变。多年后，我从纯诗到禅诗这一发展过程又有了新的论证，这就是我把西方超现实主义与东方禅宗这一神秘经验予以融会贯通，而蜕变为一种具有现代美学属性的现代禅诗，我认为这种禅诗有一种可以唤醒生命意识的功能。实际上中国传统文学和艺术中都有一种飞翔的、飘逸的、超越的显性素质，也有一种宁静的、安详的、沉默无言的所谓"羚羊挂角，无迹可求的"隐性素质，这种隐性素质就是诗的本质，也是禅的本质。我认为，一个诗人，尤其是一位具有强烈生命意识，且勇于探寻生命深层意义的诗人，往往不屑于贴近现实，用诗来描述、拷贝人生的表象，他对现实的反思、人生的观照，以及有关形而上的思考，都是靠他独特的美学来表现的，其独特之处，就是超现实主义与禅的结合，而形成一种既具有西方超现实特色，又具有中国哲学内涵的美学。超现实的作品力图通过对梦与潜意识的探索来把握人的内在真实，而禅则讲究见性明心、追求生命的自觉，过滤潜意识中的诸多欲念，使其升华为一种超凡的智慧，借以悟解生命的本真。超现实与禅二者融合的诗，不但对现实世界做了新的调整，也对生命做出了新的诠释。

超现实主义最大的特色在于采用自动语言。不论是发掘潜意识的真实，还是反对逻辑思辨的虚幻或凸现人生的荒谬，超现实主义都在扮演一个反叛角色，但就诗歌的创作而言，它仍有其正面的意义，它有助于诗人心象的扩展、诗的纯粹性的把握，更重要的是，它采用的自动语言可使诗从传统修辞学中得到解放。超现实派诗人认为，唯有放弃对语言的控制，真我与真诗才能浮出虚假的水面，凡是经过刻意修饰的漂亮文字，都是人造的伪诗。

至于中国的禅，绝非什么超自然的神秘主义，它的特色是融合儒、道、释三家的精神于一体，愈到近代，其哲学意义愈大于宗教意义。禅宗主张觉性圆融，直观自得，而这种觉性与直观乃出于潜意识的真实，亦即生命的本真。禅宗到了马祖创立南宗，主张平常心是道，在红尘中修佛才是真佛，因此禅可以是一种大众化的形而上，如透过诗的形式来表达，禅也就像超现实主义，同样可以使诗人的精神达到超越的境界。禅宗主张"不立文字"，因为文字受到理性的控制，难以回归人的自性，这与超现实主义反对逻辑语法、采用自动语言的立场是一致的。试看以下这段禅师的对话：

赵州从谂禅师参南泉，问如何是道？泉曰：平常心是道。师曰：还可趣向也无？泉曰：拟向则乖。师又曰：不拟争知是道？泉曰：道不属知，亦不属不知，知是幻觉，不知是无记，若真达不疑之道，犹如太虚，廓然荡豁，岂可强是非耶？

如果诗歌创作完全依赖潜意识而采用一种不受理性控制的自动语言，其结果势必陷于一片混乱。目前我们得到许多既不可知解，也无从感觉的伪诗，就是假超现实主义（或后现代主义）之名而行之。因此，多年来我一向主张一种修正的约制超现实主义。我始终认为，诗的本质应介于意识与潜意识、理性与非理性、现实与超现实之间。诗的力量并非完全来于自我的内在，而是产生于诗人内心世界与外在现实世界的统一，只要我们把主体生命融入客体事物之中，潜意识才能升华为一种诗的境界。在语言的处理上，诗人尤应善加约制，诗人在创作过程中，可说是一个醒着做梦的人。在诗的酝酿阶段，他的诗情诗意多半处于一种不稳定、不清晰的朦胧状态，但当语言形成活生生的意象而成为诗歌文本时，诗人必须清醒地做语言的主人，对语言做有效的掌控。

在探讨诗歌语言的问题上，我在诗集《魔歌》的自序中，曾对创作一首禅诗的心理过程有这样一段阐述：语言既是诗人的敌人，也是诗人唯一凭借的武器。诗人最大的企图就是要将语言降服，使其成为一切事物和人的经验的本身，若要达成这一企图，诗人首先必须把自身割成碎片，而后融入一切事物之中，使个人的生命与天地万物的生命融为一体。作为一个诗人，我必须意识到：太阳的温热也就是我血液的温热，冰雪的寒冷也就是我肌肤的寒冷，我随云絮而遨游八荒，海洋因我的激动而咆哮，我一挥手便群山奔走，我一歌唱便使一株果树在风中受孕，叶落花坠，我的肢体也随之碎裂成片。我可以看到山鸟通过一幅画而融入自然之中，也可听到树中年轮旋转的声音。

事后发现，这一段意象化的诗性语言所阐述的内涵，与下面这一段庄子《齐物论》中的话有着惊人的相似："昔者庄周梦为蝴蝶，栩栩然蝴蝶也。自喻适志与！不知周也。俄然觉，则蘧蘧然周也。不知周之梦为蝴蝶与？蝴蝶之梦为周与？周与蝴蝶则必有分矣，此之谓物化。"

庄子梦蝶以寄托有分与无分，有分即是个体的互异，无分则是万物的一体，其实庄子是说：万物各有面貌，有分是现象，是佛陀眼中的不变。故我认为，凡作禅诗者或论禅诗者都不能不具备这种心理因素。多年前我写的这首

《金龙禅寺》即是源于一种入禅的心理而作的：

> 晚钟
> 是游客下山的小路
> 羊齿植物
> 沿着白色的石阶
> 一路嚼了下去
>
> 如果此处降雪
> 把山中的灯火
> 一盏盏地
> 点燃

　　显然这首小诗就是我采用超现实主义的技巧，结合禅的妙悟心法所做的一次诗歌美学的实验，我所要表现的，乃是根据我的物我同一观念，尽量消除个体的差异而使人与万物融为一体。当灰蝉惊起而鸣，掠过暮霭中的树枝山岭，山中的灯火也全给吵醒了，点亮了。这时你会顿然感到内心一片澄明，突然惊悟，生命竟是如此的适意自在。

　　禅诗通常可分为两类。一类是禅师写的诗，乃寓禅于诗，把诗当作宣示禅道的媒介，例如神秀的示法诗："身为菩提树，心如明镜台。时时勤拂拭，莫使惹尘埃。"就是这类徒具诗的形式而旨在说禅的诗。另一类是诗人写的禅诗，使用简单明澈的意象以显示禅意或禅趣的诗。诗人以禅入诗，诗评家以禅论诗，其滥觞可远追于盛唐，如王维、白居易、陈子昂等，无不精于禅理，即以富于社会责任感而善于处理现实题材的杜甫而言，客居四川成都的大部分作品也都能表现那种闲适恬淡的情趣，自有活泼的生机，既写出了物理的常态，也写出超然物外的自性感悟、一种难以言说的禅趣。诗人的禅，一是从生活中悟出的禅理，一是从生活中体验到的禅趣。其实，禅宗发展到马祖、石头，已开始主张"平常心是道",禅就在穿衣吃饭的日常生活之中。依我个人的看法,禅不一定就是寺庙之禅、僧人之禅,可以说只是当下我们对万事万物的入神观照,对生命的整体感悟,对美的一种永恒凝视。

何谓禅趣?诗的趣味又是什么?这点严羽说得最为透彻:"诗有别材,非关书也;诗有别趣,非关理也……盛唐诸人唯在兴趣,羚羊挂角,无迹可求,故其妙处透彻玲珑,不可凑泊,如空中之音,相中之色,水中之月,镜中之象,言有尽而意无穷。"(见《沧浪诗话》)钱锺书说:"不泛说理,而状物态以明理,不空书道,而写器用以载道,拈此形而下者以明形而上者也。"(见《谈艺录》)他们都从不同角度、不同方式说明了禅趣的奥秘。钱氏之言,也正是我常强调的意象思维,如不透过意象来表现(状物态以明理),再高深的理,再玄妙的道,在一首诗中只是空话,我们要的当然不是空话,而是语言以外的无穷意味。

禅趣也不一定表现在机巧漂亮的诗句中,王维的"空山不见人,但闻人语响。返景入深林,复照青苔上",语言浅白,没有世俗所谓的意义,看来似乎什么也没说,却直觉得兴味盎然,佛家所谓"言语道断",这种兴味可意会,不可言传。王维另一首脍炙人口的禅诗是《鸟鸣涧》:"人闲桂花落,夜静春山空。月出惊山鸟,时鸣春涧中。"我们读这首诗最初的体味是江南云溪春夜的万籁俱寂和整个宇宙的空旷,而这种寂静与空旷却是由一连串的"动"和"声音"所形成。"花落""月出"是动,同时你也可以由"心耳"听到花落的声音,月出而惊得山鸟扑翅乱飞的声音。佛言:"譬如小涧响声,愚痴之人谓之实声,有智之人只知其非真。"但话说回来,如没有实声的衬托,就无法表达这种"知其非真"的虚静寂灭的禅境。以诗的本质而言,王维的禅境其实不在乎"禅",更在于他那种独特的语言艺术形式,以及透过这一形式所表达的美感经验,也就是诗的意境和诗的趣味。这类诗没有时态,这表示诗人不是从某一特定时间去观察,而是在永恒的观照下呈现出大自然的真貌。

由诗而魔,由魔而禅,由生命诗学进而潜入禅思诗学,这对我来说不是遁逸,而是超越,换一种方式观照人生、审视世界。数年前,我将散落在各个诗集中的现代禅诗精选七十余首结集出版,书名《洛夫禅诗》,为近年来两岸渐次展开的现代禅诗诗学研究提供了一个具体的参照个案。于今,我又将近年来累积的现代禅诗,加上另一部分具有"超现实"特征的诗予以筛选后结集问世。这篇代序仅从宏观角度阐述我对禅诗的理解,并试图探究禅诗的现代美学意义,至于对个别诗篇的解读与赏析,则有赖于读者不同的感悟了。

附带说一句:"禅魔共舞"这个书名也是几经考虑才定下来的,看似轻佻,甚至有点俗气,倒也可说明这个集子的特性。

二〇一一年五月于加拿大温哥华

## 镜中之象的背后
### ——《洛夫诗全集》自序

　　宋严羽说：诗的妙处如……镜中之象。而象的背后又是什么？从开始写诗至今，我一直在词语中探索、质问、思考，在词语中寻找答案，而答案其实都隐匿在由词语信手搭建的意象中、诗中。麻烦的是，每个意象、每首诗给出的答案都不相同。

　　中国新诗的年龄，我习惯从一九二〇年胡适出版《尝试集》算起，到今年已历八十八年了。我是从一九四六年开始在家乡湖南的报纸副刊上发表诗作的，磨磨蹭蹭，踽踽独行，迄今已走了六十二个年头了。我这一生对诗的探索与创作，对诗美学的追求与实验，对诗语言的锤炼与不断调整，一路走来，脚印历历可数，似乎都很清晰，但细加追忆，又觉得足迹杂沓，难以说得清楚，只能粗略地画出一个轮廓，如由二十世纪六七十年代对现代主义的热切拥抱，到八十年代对传统文化，尤其是古典诗歌的回眸审视，重加评估，再到九十年代追随前人的脚步，将现代与传统、西方与中国的诗歌美学，做有机性的整合与交融，而在近二十年中，我的精神内涵和艺术风格又有了脱胎换骨的蜕变，由激进张扬而渐趋缓和平实、恬淡内敛，甚至达到空灵的境界。

　　中国内地诗坛有此一说：从某种意义上讲，台湾诗人趋于"晚成"，而内地诗人往往"早慧"。此话是否属实且不探究，就我个人来说，我也许不是一个"早慧"的诗人，我却敢说，我是一个"早成"的诗人。一九五九年，我在战火的硝烟中开始写《石室之死亡》，由于初次采用超现实主义的表现手法，读者一时极不习惯这种过激的语式变形，而视之为一种反传统的怪物，但对我自己而言，这是一个空前的、原创性极强的艺术实验之作，读者是否接纳，评论家是否认同，都不重要。重要的是，我用前所未见的词语唤醒了另一个词语——生命，或者说，我从骨髓里、血肉中激活了人的生命意识，同时我也创造了惊人的语言：

我确是那株被锯断的苦梨
在年轮上，你仍可听清楚风声，蝉声

我只是历史中流浪了许久的那滴泪
老找不到一副脸来安置

蓦然回首
远处站着一个望坟而笑的婴儿

恕不谦虚地说，我的诗歌王朝早在创作《石室之死亡》之时，就已建成，日后的若干重要作品可说都是《石室之死亡》的诠释、辩证、转化和延伸。四十三年前《石室之死亡》诗集出版时，我在自序中开头便说："揽镜自照，我们所见到的不是现代人的影像，而是现代人残酷的命运，写诗即是对付这残酷命运的一种报复手段。"现在想来，这段话十分真切地反映了二十世纪七十年代中国内地"文革"时期许多地下诗人的心声，同时也见证了当时我与一群台湾年轻诗人是如何在西方现代主义、存在主义等思维的影响下，狂热地追求中国新诗现代化的极端倾向，但此后四十多年来，我这一思想倾向已逐步做了大幅度的修正，而调和这一极端思路的关键性契机，即在于我对中国传统文化，尤其是古典诗歌美学中具有永恒性因素的新发现、新认识。作为一个现代诗人，这时我开始找到了走出存在困境的突破口，一个摆平了传统与现代、西方与中国、诗性的想象人生与现实人生纠葛不清、矛盾对立的平衡点。庞德在一首自传性的诗中说："努力使已死去的诗的艺术复苏，去维护古意的崇高。"（叶维廉译）今天，中国内地有些诗人把"崇高"视为文化垃圾，而去追求"崇低"，我则一向肯认"崇高"是显示人性尊严唯一的标杆，而"古意的崇高"正是我在二十世纪八十年代以后在创作中大力维护的，而且也是我在迷惘的人生大雾中得以清醒地前行的坐标。

二十世纪八十年代以来，两岸的社会与文化环境开始转型，市场经济决定一切，包括我们的生活内容与方式，同时也颠覆了传统的人文精神与价值观。人们的物质欲望过度膨胀，精神生活日趋枯竭，因而导致了文学退潮，诗被逼到边缘，备受冷落，于是便有人问我，在诗歌日渐被世俗社会遗弃的大环境中，是一种什么力量使你坚持诗歌创作数十年而不懈？我毫不犹豫地回答说：我对文学有高度的洁癖，在我心目中，诗绝对是神圣的，我从来不以市场的价格来衡量诗的价值。我认为写诗不只是一种写作行为，更是一种价值的创造，包括人生境界的创造、生命内涵的创造、精神高度的创造，尤其是语言的创造。诗可使语言增值，使我们民族语言新鲜丰富而精致，诗是语言的未来。这是我对诗歌的绝对信念，也正是驱使我全心投入诗歌创作数十年如一日的力量，在这草草的一生中，我拥有诗的全部，诗也拥有了我的全部。

还有人问我另一个至今尚迷惑无解的问题，这就是当年我们一群诗人采用超现实主义手法，把诗写得隐晦难解，是不是为了不碰触政治禁忌而采取的一种权宜策略？或者纯粹只是出于诗人个人的艺术自觉？台湾评论界迄今仍倾向于前者的解释，而我个人则认为，一半是实情，确是一种策略的考虑，但另一半可能是一种托辞。对我来说，我从未公开表示，选择超现实主义是为了掩护自己，不致因碰撞现实而犯禁，我的选择绝对是出于艺术的自觉，是为了寻找一个表现美感经验的新形式。当然，在当时的强权政治之下，以超现实手法作为烟幕以保护自己的诗人，不能说没有，而且可以完全理解。有的评论家说现代诗是一种保护伞，其实不只是指超现实主义，而是泛指所有运用隐晦手法，如象征、暗喻、暗示等广义现代主义的各种技巧。

二十世纪六十年代纪弦组现代派，祭出了"现代派六大信条"，曾引起台湾诗坛空前的大骚动，问题的关键即在于他强调西向的"横的移植"，而轻忽本土的"纵的继承"。这种偏颇不仅不为保守派所容,也不是所有诗人都能接受,但不可否认,纪弦的主张确是石破天惊的一声棒喝,使诗人们突然醒悟,发现五四以来的白话诗不仅肤浅粗糙,完全不能表现现代人的精神状态、情感和生活节奏,而且毫无原创性可言。胡适的白话诗运动革掉了旧诗的格律与语言,同时也革掉了诗中最本真的东西,因此诗人们不得不扭过头来,向最具前卫性与创造性的现代主义借火,从美学观点到表达技巧,照单全收,其中超现实主义是一个最新奇、最神秘的艺术流派,但也是一个为冬烘头脑害怕而严加抗拒的艺术流派。当时在台湾我虽不是最早接触超现实主义的诗人,却是第一个透过翻译与评论有系统地把它介绍给台湾诗坛。而我自己更是不顾外界舆论的喧嚣,运用超现实手法从事一系列的创作实验。然而,不久后我即发现了超现实主义的限制与缺陷,对它所谓的"自动语言"尤为不满。我不是一个信奉"诗歌止于语言"的唯语言论者,马拉美说:"诗不是以思想写成的,而是以语言写成的。"这话我只接受前半句,后半句则与我的美学信仰有距离:我相信诗是一种有意义的美,而这种美必须透过一个富于创意的意象系统来呈现。我既重视诗中语言的纯真性,同时也追求诗的意义:一种意境,一种与生命息息相关的实质内涵。读诗除了感受美之外,也能体悟到灵光四射的智慧,一种在现实生活中得不到的思想启迪。基于此一观点,我便有了建构一个修正的、接近汉语特性的超现实主义的念头。第一步要做的是从中国古典诗歌中去寻找参照,从古人的诗中去探索超现实的元素,结果我惊讶地从李白、李商隐、孟浩然、李贺等人的作品中,发现了一种与超现实主义同质的因子,那就是"非理性"。中国古典诗中有一种了不起的、玄妙之极的、绕过逻辑思维直探生命与艺术本质的东西,后人称之为"无理而妙"。"无理"是超现实主义和中国古典诗两者极为巧合的内在素质,但仅仅是"无理",怕很难使一首诗在艺术上获得它的有机性与完整性,也就是有效性。中国诗歌高明之处,就在这个说不明、道不尽的"妙"字。换言之,诗绝不止于"无理",最终必须获致绝妙的艺术效果。这就是我的诗学信念,也是修正超现实主义的核心理念,具体的例证可见诸《魔歌》时期

（1972—1974）的创作，这时我自觉地在语言风格和意象处理上有所调整，在思维与精神倾向上，我开始探足于庄子与禅宗的领域，于是才有"物我同一"的哲学观点的生成。如果从我整体的创作图谱来看，我早期的大幅度倾斜于西方现代主义，与日后回眸传统，反思古典诗歌美学，两者不但不矛盾，反而更产生了相辅相成的作用。我这一心路历程，绝不可以二分法来切割，说我是由某个阶段的迷失而转回到另一个阶段的清醒，而这两个阶段的我是对立的，互不相容的。其实在我当下的作品中，谁又能分辨出哪是西化的，哪是中国的、传统的。至于现代化，乃是我终身不变的追求，在这一追求中，我从不去想这是西方的现代还是中国的现代，对我来说，现代化只有一个含义，那就是创造。

《石室之死亡》虽富于原创性，达到某种精神高度，但在诗艺上的不成熟也很显然。为了补救早年在创作上的缺憾，也为了艺术生命的延伸与扩展，我终于在诗歌的征途上，又做了一次大的探险，走了一次更惊心动魄的诗的钢索，在日薄崦嵫的晚年（二〇〇〇年），写下了一部三千行的长诗《漂木》，就整体结构而言，这是一首内容庞杂，而发展的脉络又清晰可寻的精神史诗，它宏观地表达了我的形而上思维、对生命的观照、对时代与历史的质问与批判，以及宗教的终极关怀。有学者认为，《漂木》是一种精神的自赎，实际上更是我累积了一生的内在情结：一种孤绝，一种永远难以治愈的病，一种绝望——在这越来越荒谬的世界里，去寻找一个精神家园而不可得的绝望。在人文精神层面上，在透过意象思维方式以传达生命意义上，《漂木》与《石室之死亡》这两部时隔四十多年的诗集，竟是如此的思路贯通，一脉相承，但二者的语言风格与表达形式大不相同，《漂木》的语言仍能维持《石室之死亡》中的张力与纯度，但已尽可能摆脱《石室之死亡》诗中那种过度紧张艰涩的困境。

在我的创作生涯中，禅诗是一项偶发性的、触机性的无主题意识的写作，却是我诗歌作品中最特殊，也最重要的一部分。其实对一位诗人而言，禅悟并非从修持中获得，它可能仅是一种感应，一种某一瞬间的心理体验，或一种超然物外的趣向。它散布在我们的生活四周，但可遇不可求，随时可以碰到，如不及时抓住，便会立刻溜走。我创作禅诗的主要源头，在于一项实验：即促使禅宗这一东方智慧的神秘经验与西方超现实主义相互碰撞交融，使其转化为一种既有中国哲学内涵，也有西方现代美学属性的现代禅诗。我认为这种禅诗有一项潜在功能：它可以唤醒我们的生命意识，这也可说是一种生活态度：化眼中的无常为一声"无奈"的叹息，看透了色空，悟出了生死。超现实的作品力图通过对梦与潜意识的探究来把握人的内在真实，而禅则讲究见性明心，求得生命的自觉，过滤掉潜意识中的各种欲念，使其升华为一种超凡的智慧，用它来悟解生命的本真。

有时我发现，禅诗与抒情诗有一种连体共生的特性，极其相似，难辨彼此，这在中国古典诗中颇为常见，比如王维的《终南别业》一诗，明明是他晚年隐居终南山下时，一时兴来写下的一首感怀抒情之作，但其中的"行到水穷处，坐看云起时"，让人读来不免为之一愣，由最近的人生体验——一种局促的处境，突然镜头拉得很远很远，拉开了与现实的距离，随即出现了令人悠然神往的诗境和一种空灵的禅境。王维有些五言诗如《鹿柴》《竹里馆》《辛夷坞》《鸟鸣涧》等，既是情景交融，人与自然和谐共处的田园抒情诗，但又句句从实相中透出一片空寂静穆的禅机。我的许多禅诗也多是隐藏在抒情诗中，如"镜子里的蔷薇盛开在轻柔的拂拭中"（《长恨歌》句），表面是影射杨贵妃受宠于唐玄宗的情状，骨子里则点出"实相无相"的禅之本质，暗示一个尊贵无比的宫妃，只不过是镜中之花、水中之月罢了。我的另一首小诗《月落无声》，也不能仅仅当作抒情诗来读：

从楼上窗口倾盆而下的

除了二小姐淡淡的胭脂味

还有

半盆寂寞的月光

以抒情诗来看，它写的是楼上一位女子独居的寂寞，情致幽微，诗味浓而境界较浅，但如换个角度来读，你会不难感到一种虚虚实实、空空落落的无言禅境。

我的禅诗有些是散落在各个诗篇的句子，或一些简单的意象，有些则集中地呈现于一首诗中，规模有大有小，小的如《金龙禅寺》《月落无声》，大的如《长恨歌》《大悲咒》《背向大海》等，一部写男女之情的小说《红楼梦》也曾被评为禅的象征，其实我的长诗《漂木》又何尝不可视为一个禅的暗喻？

台湾诗坛有人说我孤傲、狷介甚或霸气，也许有那么一点，尤其在年轻气盛的当年，蔑视权威、厌恶鄙俗，常以"孤岛"自喻，好像全身布满了带刺的孤独。这是我面对世俗不得已而自暴的浅薄。其实我内心是十分真诚而谦卑的，我经常在诗中贬抑自己、嘲弄自己，我以悲悯情怀写过不少一向被人类鄙视厌恶的小动物。早晨看到太阳升起，内心便充满了感恩，黄昏看到落日便心存敬畏。我有这么一句诗："活在诗中，度过那美丽而荒凉的一生。"所以我一生拥有的是一种"诗意的存在"，但也只不过是美丽和荒凉而已。我这一生有过太多负面的经验：抗日战争、金厦炮战、越南战争、逃难、流放、漂泊。在战火中、在死亡边缘，最容易引起对生命的逼视、审问和形而上的思考，于是便有了《石室之死亡》《西贡诗抄》，这两部在形式上标新立异、艰涩难解，在精神上凛然肃穆、遗世独立的诗集。

日前我读到陈芳明教授一篇夹叙夹议、真诚坦率的散文，主要内容在谈我的诗。我不知别人读后有何感想，而我从他文章中看到的不是一个热衷政治、钻研学术的陈芳明，而是一位摆脱世俗、肝胆照人的诗人。他说他在四十年前读《石室之死亡》，因不懂而气恼，甚至愤怒，自此便把我当作一个重要的批评的假想敌，但四十年后再读《石室之死亡》时，他说："年轻时看不懂的诗，突然一下子就明白了……我从第一行读到最后一行，诗中的美与死印证了经验过的漂泊与孤独。"最近他读到我的一首一百四十行的禅诗《背向大海》时，甚至说："使我再次起了大的震撼，我对洛夫的敬意竟然挟带着畏惧。"这句话读得我直冒虚汗，可谓汗颜之极。我未曾想到一位度过热血喷薄的政治生涯、现任政大台文所所长的他竟能拉下世俗的面具，以一位诗人的本真来面对另一位"既恨又爱"、纠缠了他半辈子的诗人。我的确为他的谦抑与坦诚，感动得热泪盈眶。

人到暮年，创作热情已日渐消磨，能写的不多了，现将六十多年来累积的作品，长长短短，数百余首结集出版，说是为读者提供全面阅读我作品的机会，说是便于未来史家、评论家对我作品整体的研究与评价，其实不如说这都是"雪泥鸿爪"，为自己留点纪念而已。

二〇〇八年三月脱稿于加拿大温哥华

# 闲话散文（代序）

　　说来也算不幸，我经常读到一些大叹散文日趋式微、感慨系之的文章，而作者又多是颇负盛名的中外散文家。但这种悲观论调，并未使我这散文读者和半吊子的散文作者为之沮丧，主要是因为我从不认为散文有何鼎盛时期，自然也就不觉得有所谓式微了。我这么说，绝无意菲薄散文。事实上，我国的文学传统是抒情诗，古代知识分子平生似乎只重视两件事：做官与做诗，写文章不是为了实用——如奏议、论辩、传状、书牍、碑志、箴铭等，就是为了说教（载道）——如序跋、赠序、颂赞、辞赋等，而抒情遣兴，纯粹视为欣赏对象的散文，一直到汉魏之后，唐宋明清之间，才有了一个可观的局面，但大多仍是文人写诗之余，利用散文来发泄剩下来的情感与偶兴，也可以说是用另外一种形式来写诗，因此古人的散文多富于诗的素质。至于"五四"以后，我们的散文似乎有了新的生机，但除了以白话代替文言外，实际上并没有什么长进，在量上是增多了，而在质和技巧上则远不如古人。

　　我这些话不也正是散文日趋式微的论调吗？好像是如此，不过我另有一层看法，我认为与其说今天的散文在式微，毋宁说它在不断地扩展、渗透、融合；它把熟悉的有限的主题和题材，融入了新颖的无限的形式中。一开始，散文也许就是一种复杂而暧昧的东西，时至今日，愈来愈发展为一种拼盘式或鸡尾酒式的文体。在某些反故事、反结构的现代小说中，在某些反高潮、反情节的戏剧中，通篇累牍都是作者内心的独语，而某些新诗更像在说话。独白与说话不正是散文的特质吗？所以英国人称散文是一种对读者"有感染性的谈话"(a kind of infectious talk)，大凡一个思想与情感深厚而又善于驾驭语言的人，都可以说出有感染性的话，都可以成为一个散文家。今天能写散文的已不限于专业散文作家，小说家、戏剧家、哲学家、文学评论家，甚至画家和音乐家，固然都能写得一手漂亮的散文，诗人在这方面的成就尤为显著，古代如此，于今亦然。既有更多的人参与操持，而又能出之于更多、更新的形式，故我认为今天的散文不是在衰颓，而是在生长，只不过写散文这回事，已非散文家独家经营了。

我们会读过许多讨论散文的文章，他们苦心孤诣地为散文下定义，为散文拟订价值标准，为散文厘定在历史中的地位，但结果都是白费力气，因为散文本身就是一种没有特殊形式与独立个性的东西。散文如水，盛在方盒中就是方的，盛在碗中就是圆的，装在试管中则是长的，倒在碟子里又成了扁的。苏东坡所谓的"随物赋形"，就是讲散文的性质。美国作家彼德逊（Houston Peterson）对于散文的本质，说得更是入木三分："散文的含义应该说它是一篇短文，少则一页，多则二三十页，上天下地，几乎无所不谈，所采取的是一种现身说法、随随便便、毫不铺张的方式。一篇散文要有发人深省的力量，但态度上不能道貌岸然；它所涉及的问题，刚刚达到哲学的边缘，却又毫无系统。它必须是一种散漫中的统一。"

这么说来，似乎散文人人得而写之，但问题是散文能写到彼德逊这种标准，做到"散漫中的统一"，恐怕也非易事。我想，一个写文章的人总不能因为他写得多，或出版了好几本书，就能称之为散文家的。写散文之能称"家"，他必须能成一家之言。换言之，他必须要能建立一种独特的风格，包括思想的风格和语言的风格。不错，散文写来应如行云流水，毫不铺张做作，无须像诗人一样致力于作品中意象的经营、韵律的安排，也无须像小说家与戏剧家一样去考虑作品中的结构和人物塑造，但仅仅把文章写通顺了，把情感加浓，浓得令读者感伤的程度，或说几句逗人发笑的俏皮话，想必不可能是一个好的散文家。

如果真如英国人所说，散文只是一种漫无节制的谈话，则我们公寓里的女人都是好的散文家了。散文之邀宠于读者，精美练达的文字该是一项重要因素，所以十八世纪英国文坛一霸的约翰森（Samuel Johnson），平生以编字典、讲俏皮话挖苦人而闲于世，充其量是一位说话的天才，而巨细无遗地把这些尖酸刻薄的对话记录下来，写成《约翰森传》的包斯威尔（James Boswell），却为后世尊为伟大的散文家。

散文要写得出色，在语言上除了精美练达之外，新鲜该是另一项必要条件，也就是说，散文作家应能把陈旧的经验变成新鲜的话题，俾能把原本庸俗腻人的世界化为美好深致、清新可喜的世界。刘若愚先生在《中国诗学》一书中说："诗人的工作不仅是第一次说这些话，而且要把已说过一千次的话，再以不同的方式说出第一千零一次。"我想这句话不仅适用于诗人，同样也适用于散文家。

毋庸讳言，新鲜而富于创意，且含义丰富的语言，大多可见于诗人兼营的散文，这主要是因为诗人具有铸造意象的本领。不过，如处理不当或滥施感性，则又不免流于矫揉造作，像一个大男人捏着鼻子唱青衣，满纸的文艺腔调，令人不忍卒读。张爱玲的散文语言是别具一格的，她的唠叨无人能及，但唠叨得很新鲜，说的虽是琐事，别人就无法说得这么有趣。她可说是一位善于以最不俗的语言写最俗的生活小节的散文家。例如她写公寓生活时说："如果你放冷水而开错了热水龙头，立刻便有一种空洞而凄怆的轰隆轰隆之声从九泉之下发出来，那是公寓里特别复杂，特别多心的热水管系统在发脾气了。"她写女人的衣着时说，"长袄的直线延至膝盖为止，下面虚飘飘垂下两条窄窄的裤管，似脚非脚的金莲抱歉地轻轻踏在地上，铅笔一般瘦的裤脚妙在给人一种伶仃无靠的感觉。"她写京戏里的武场时说，"还有那惨烈紧张的一长串的拍板声——用以代表更深夜静，或是吃力的思索，或是猛省后的一身冷汗，没有比这更好的音响效果了"。又如她的"谈音乐"一文，其中奇句迭出，令人激赏，如"牛奶烧糊了，火柴烧黑了，那焦香我闻了就觉得饿。""我最怕的是凡哑林，水一般的流着，将人生紧紧把握贴恋着的一切东西都给流去了。胡琴就好得多，虽然也苍凉，到临了总像北方人的'话又说回来了',远兜远转,依然回到人间。"我最欣赏的还是她的那篇长仅三百字的《说胡萝卜》,简直什么也没有说,但就是写得很妙,尤其是最后一段:

我把这一席话暗暗记下,一字不移地写下来,看看忍不住要笑,因为只消加上《说胡萝卜》的标题,就是一篇时髦的散文,虽说不上冲淡隽永,至少放在报章杂志里也可以充充数,而且妙在短——才抬头,已经完了,更使人低回不已。

散文可以写得精致简短,也可以写得汪洋恣肆,可以写得洋洋洒洒,如江河之一泻千里,也可以写得轻声慢语,如溪涧之涓涓细流,唯一可怕的就是庸俗与空洞。朱自清以一篇《背影》爬上了散文大家的宝座,盛名历半世纪而不衰,但他的《荷塘月色》既空洞而又滥情,他像是铁铸的偶像,还真难摔得破。我一直觉得,我们散文最大的问题乃在思想的平庸,大多没话找话说,鸡毛蒜皮,婆婆妈妈。大名好久未在报端出现了,写篇散文吧!我们似乎有着太多的朱自清、徐志摩,却难得一见像毛姆、蒙田、爱默生、桑塔亚纳一类的人物。他们把笔伸入人生各个层面,操笔如操刀,横着切,直着剖,刺的刺,剥的剥,痛快淋漓之余,又能令人沉思低回。当然,西方人有西方人的思路、风格和生活经验,我们自无须强同,但在散文中要求一点境界的高度和知性的深度,或可挽救散文式微的倾向,这样也许我们难以达到庄子的标准,但未尝不可为我们今后的散文开创一个新的局面。其实,我理想中的散文应是情理交融,把知性与感性揉成一片既有鸟语花香,又有一种超感觉的形而上的精神世界,一方面亲切亦如老友雨夜来访,促膝谈心,一方面又是一种内省的心灵独语,但句句都是生活过来的充满人性的话。我虽不是一个专业散文作家,却希望这是我今后写散文时应建立的风格。

以上的道理固然说得振振有词,但轮到我自己写散文时,又难免俗事浅语,满不是那回事。年轻时为诗所迷,无来由地心高气傲,横蛮得把写散文视为"雕虫小技,壮夫不为"的不相干之事,诗写倦了,宁愿去打一场篮球。当时甚至有人笑诗人写散文是"不务正业",因而蹉跎再三,一误再误,就没有好好在散文方面下过功夫。日后读多了柳子厚、苏东坡,明清小品作家,以及今人梁实秋、吴鲁芹、张爱玲等的散文后,也不免见猎心喜,且悟到世上有趣之事不止一桩,不去深山大泽,岂能采得奇景。

我之所以鼓起写诗之余勇,开始尝试写点散文,却是另有一层因缘,那就是我的这些作品大多是在杂志与副刊编辑先生鼓励与催逼之下写成。当年王鼎钧先生主编《征信新闻》副刊时,会秉持"诗人想必能写得一手好散文"的信念,邀我写点小品文章。我当时欣然应命,一口气写下七八篇如《蟹》《下午》《烟囱》《夏日烟云》等短文。但写这些东西时,心态仍不正常,认为在我个人的价值系统中,写散文仍只是写诗后的一种休闲活动,可为可不为,发表之后也就忘了这回事,从未想到把它剪贴留起来,事隔十余年,现在出版这本集子时想搜集过去的文章收进去,竟不可得,眼看漏网而去,多少有点悔不当初。

这个集子中的文章,大部分发表于"联副"与"华副"。其实,我认真写起散文来,该是近两年来痖弦主编"联副"的事。他上任之初即对我说:"寄点散文来吧!你的《女人与诗》这一类的文章颇适合副刊,很能迎合大众读者的口胃。"于是,我便开始扮起笑脸,正式卖起散文来,但结果难免令人失望,笔下流出来的却是生之寒碜与酸楚。多年前我曾扬言,平生只希望能有一本散文集出版,出版后就金盆洗手。不过,我是一个随缘而又难下决心的人,以后的事,最好少做预言。

一九七九年六月一日

# 独立苍茫

## ——《雪楼小品》自序

　　我一直有这么个感觉：由台北移居温哥华，只不过是换了一间书房，每天照样读书写作，间或挥毫书写擘窠大字，可说是乐在其中，活得潇洒。我曾说过：愈接近晚年，社会的圈子愈来愈小，书房的天地愈来愈大。这种现实世界的萎缩，心灵空间的扩充，可视为一种修养，多少有些无奈，但绝非逃避。我为我新居的书房起了一个"雪楼"的斋名，这固然由于冬天在二楼的书房可以倚窗看雪，但更暗示我这纯净冷傲、与世无争的隐逸生活。

　　这也许正如鲁迅的名句："躲进小楼成一统，管他春夏和秋冬。"一般的情况是如此，但每当回首前尘，或面对现实时，就潇洒不起来了，心绪开始波动，有时甚至会由涟漪逐渐激成狂涛，久久难以平息。尤其迁居温哥华的最初几个月，冷清中透着孤独，秋日黄昏时，独立在北美辽阔而苍茫的天空下，我强烈地意识到自我的存在，却又发现自我的定位是如此的暧昧而虚浮。在一次演讲中，我定了一个连我自己都感吃惊的题目：《我的二度流放》。第一度流放是在一九四九年，为时势所迫，孑然一身离弃了乡土的和血缘的母亲，去了异乡的台湾。数十年的成长和经营，我在那里建立我独有的文学城堡，这点我不能不对台湾这块土地心存感激，但面对日益恶化的政治、社会与自然环境，我早就有了重做选择的想法，希望在这地球上找到一个可以安度晚年的近乎香格里拉的净土。因此，我这二度流放，事实上自我选择的决心远大于被迫的因素。

　　二次世界大战期间，德国作家托马斯·曼流亡美国，有一次记者问他，放逐生涯是不是一种极大的压力？当时他理直气壮地答道："我托马斯·曼在哪里，德国便在哪里！"今天我却无法说出如此狂妄的话，因为我不知道我的中国在哪里，至少在形式上我已失去了祖国的地平线，失去了生命中最重要的认同对象。临老去国，远奔天涯，割断了两岸的地缘和政治的过去，却割不断长久养我育我、塑造我的人格、淬炼我的智慧、培养我的尊严的中国历史与文化。就一个作家而言，初期的流放生涯对他的创作绝对有益：新的人生经验，新的生活刺激，新的苦闷和挑战，都可使他的作品更加丰富，表现更多层次的生命内涵。屈原、韩愈、柳宗元，乃至苏东坡，都在被迫流放的孤绝凄凉的岁月中，写下了传世之作。

这一点，我不敢自我期许太高，虽然也有不少朋友对我寄望甚殷，但我知道自己的限制。不过，我倒认清了一点：一位流放作者不论他立身何处，生活形式起了多大的变化，他都需要一个庞大而深厚的文化传统在背后支撑。今天我处在这极度尴尬而又暧昧的时空中，唯一的好处是我能百分之百地掌控着一个自由的心灵空间，而充实这心灵空间的，正是那在我血脉中流转的中国文化，这就是为什么我有去国的凄惶，而无失国的悲哀。

初期的侨居生活中，体验得多，写得少，大部分时间却都投入书法艺术的探索中，并忙于为吉隆坡、温哥华、纽约、台中等地的展览做准备工作。自一九九八年起，我应邀为温哥华《明报》写专栏，每周两篇八百字左右的方块小品，内容虽然不拘，我却自限于两大范围：读书的感悟与生活的感受，尽量不碰政治和敏感问题，同时自我要求，写的这些小品一定要有比一次消耗性的读物高一些的阅读价值。简言之，我所写的是小品式的文学作品，不是为百忙中的当代读者提供一杯可乐的港式方块。现结集问世，愿这些新的经验为更多的读者所共享。

二〇〇六年五月于温哥华

他序篇

# 中国现代诗的成长
## ——《中国现代文学大系诗选》绪言

历史的进化论并不完全适用于文学。就文学的发展而言，传统的观念认为它是一连锁性的演进，由A生B，B生C，C生D……一种文学思潮或一种文学风格与形式，培育衍生出另一种新的文学思潮，另一种新的文学风格与形式。比如，中国诗的发展是由四言而后楚辞，楚辞而后五言，五言而后七言，古诗而后律绝，律绝而后词曲，近代则由白话诗、自由诗以至今天的现代诗，因而把这一系列的发展视为一连锁性的进化，相因相成（如图一）。

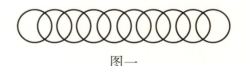

图一

但如果我们从另一角度来观察，则可发现文学的发展实为一连串相克因素反动的延续（如图二），换言之，它是相反相成，旧文学与新文学冲突激荡，而得以推陈出新，生生不息。浪漫主义反古典主义，现代主义大部分新兴流派则反对浪漫主义，这正是西洋文学发展的轨迹，实际上中国文学的发展亦是如此。

图二

　　基于此一认识，我们首先要说明中国现代诗发展中所面临的一大问题——即现代诗的归属。一般传统拥护者始终认为现代诗不是中国诗正统的血缘发展，其理由乃在现代诗人未能遵奉中国诗的固有传统，且大量接受西洋诗的影响。现代诗人并不否认此一事实，且有甚于此者，例如早期先有纪弦"横的移植"之主张，继有覃子豪"中国现代诗渊源于欧美现代主义而发展成为目前的态势"的说法。但在今天看来，这两种态度过于极端，均有所偏。传统的某些价值固然应予尊崇，但旧的观念与形式之陈陈相因，纵然托古改制，亦无死灰复燃之可能，如欲继承与发扬中国文学传统的价值和某些永恒因素，唯有脱胎换骨，另辟蹊径，故中国现代诗的发展确不以传统为其根本因素。如说中国现代诗纯系西洋诗的移植，初期诗坛的情形或如此，但证诸近年来诗人的理论和创作，他们业已逐渐摆脱外来的影响而做新的实验，这种情形与欧美各国现代文学的发展，大致相似。我们从若干具有代表性的诗人作品中，当可发现他们确已认识到诗发展的时代性，且已日渐掌握了中国文学的整体性。他们的创作正是新旧文学冲突激荡后所产生的中国诗的现阶段形式，在思想和精神上仍植根于民族的土壤。现代诗是时代的产物，顾炎武说："三百篇不能不降为楚辞，楚辞不能不降为汉魏，汉魏不能不降为六朝，六朝不能不降为唐，势也。"我们可续一句："格律诗不能不降为现代诗，亦势也。"中国现代诗的成就和价值也许尚待专业诗评家的估定和时间的考验，但它已成为中国文学史的一部分，殆无疑议。

　　一般论现代诗者，都以五四时代的白话诗为其先导，但根据以上我们所持文学发展的观点，中国现代诗不仅与古诗不发生连锁关系，甚至与"五四"时代的白话诗也是貌合神离，纵然在工具上两者都使用语体文，但现代诗并不等于白话诗；我们最多视白话诗为现代诗形式上的粗坯，而后者在素质上尤趋纯粹，精神上尤富知性，语言上尤臻精炼（有关白话诗的发展，论者甚多，此处不赘述）。现代诗最大的成就乃在批评精神的发扬和语言的实验，而语言的实验又可从意象的经营中见出。对于一个现代诗人，语言已不仅是传达观念与情感的通用媒介，而是一个舞者的千般姿态、万种风情。某些诗人甚至企图使诗成为一切事物和人类经验的本身。白话诗人的失败即在于未能掌握语言的魔力及其可塑性，且未能使其内在经验客观化，使叙事说理的语言化为意象的语言，暗示的语言。

正如前述，中国现代诗在初期发展阶段确是受到欧美现代主义各流派的影响。这种影响开始虽为保守人士激烈反对，但当中国现代诗人憬悟到接受世界性的现代文学思潮是唯一的无可选择的途径时，外来的影响无形中也就成为他们得以新生的血液。自此他们发现，诗是感悟的而不是分析的，是呈现的而不是叙说的，是暗示的而不是直指的，是生长的而不是制作的。他们扭断了逻辑的颈子，而给读者一把想象的钥匙，他们运用矛盾语法而使诗富于极大的张力。"象征主义"使他们由外在的有限物象世界进入了内在的无限精神世界，"立体主义"为他们提供了"造型意识"，使之在形式上做新的尝试，"印象主义"使他们懂得如何捕捉心象，使想象的经验得以呈现，"超现实主义"使他们了解到潜意识的真性，并在技巧和语言的排列上作革命性的调整。西洋现代诗大师诸如里尔克、瓦莱里、波德莱尔、阿波利奈尔、T.S.艾略特、E.E.卡明斯、叶慈、戴兰、托马斯等的诗作都成为他们精神上和艺术上疗饥的对象。

更为重要的是，透过这些无法抗拒的影响，中国现代诗人在表现技巧成熟之后，日渐奠定了他们思想的基础，进而培养了作为一个现代诗人的使命感和历史意识。他们了解：诗人不但是一个为万物"命名的人"，同时更是一个建立人与自然新关系的人，因而在他的作品中使主体与客体予以新的融合。使他终生委身以事的不是为了逃避什么，征服什么（除了语言），更不是为了取悦什么，而是统摄他的知能与直感两种力量来显示出人的真实存在，并使此一存在与其他事物的关系得以扩展与融洽。因此，把现代诗人解释为一个美学的理想主义者亦无不可。

在历史上所有的文学革命运动中，诗无不居于领导地位，而其发展之遭受阻挠自为意料中事。中国现代诗的发展如由一九五一年算起，迄今恰届二十年，虽其间之过程堪称颠沛崎岖，艰苦备尝，但并未影响诗之欣然成长。

T.S.艾略特在《论叶慈（W.B.Yeats）》一文中说："在我们此一时代，诗似乎是每二十年算一代，我并不是说一个人最好的作品都限于二十年之内，而是说大约这么长的时间就有一个诗的运动或风格出现。"姑不论此话是否适用于中国，但对于一个诗坛或一个诗人而言，二十年应是一段由实验、创造而至成熟的时距，我们把这期间技巧成熟而风格各殊的诗创作编辑成集，对其发展做一回顾，并予以客观而审慎之检讨，似乎并不嫌早。

## 中国现代诗发展的回顾与反省

自一九四九年以来，中国现代诗由于纪弦主编的《现代诗》，覃子豪与余光中主编刊于《公论报》的《蓝星》周刊，以及由张默、洛夫、痖弦主编的《创世纪》诗刊之相继创刊而得以发轫。但严格说来，中国现代诗之兴起，且能形成一种全面性的运动，实归功于以纪弦为盟首之"现代派"的成立。由于"现代派"的刺激，《创世纪》与《蓝星》也随即从当时的"自由诗"中觉醒，一则汲汲于西洋现代文学理论与作品的译介，一则大胆地从事各种新风格、新形式的实验。

"现代派"于一九五六年一月二十日成立于台北，加盟者计有八十余人，当时主要诗人包括有方思、林亨泰、郑愁予、林泠、季红、黄荷生、叶泥、罗马（商禽）、辛郁、白萩、德星（楚戈）、黄仲琮（羊令野）、罗行、张拓芜（沈甸）、秀陶、吹黑明、沙牧等。"现代派"之成立在当年确是中国诗坛一件盛事，该派也自认是一件"划时代的，具重大文学意义的"创举。他们的口号是："领导新诗的再革命，推行新诗的现代化"。他们虽未像欧美各国诗派在成立之初发表宣言，倡导特殊理论，但他们所公布的"六大信条"在当时却极为新鲜而富有吸引力。该派的"六大信条"是：

一、我们是有所扬弃并发扬光大地包含了自波德莱尔以降一切新兴诗派之精神与要素的现代派之一群。

二、我们认为新诗乃是横的移植，而非纵的继承。这是一个总的看法，一个基本的出发点，无论是理论的建立或创作的实践。

三、诗的新内地之探险，诗的处女地之开拓。新的内容之表现，新的形式之创造，新的工具之发现，新的手法之发明。

四、知性之强调。

五、追求诗的纯粹性。

六、爱国，拥护自由与民主。

"现代派"的同仁杂志《现代诗》系由纪弦主编，断断续续出版，嗣因诸多原因，难以为继，发行至一九六三年而告停刊。这期间，纪弦外因各方批评，内因信心动摇，曾数度发表文章，宣布"取消"现代诗。"现代派"之所以始盛终衰，在尚未发生更深远之影响前即在无形中解体，其主要因素有三：

一、该派的"六大信条"过于强调西化，特意标出中国新诗乃"横的移植"为其基本出发点，以致无法在本土上根深蒂固，继续发扬。此点，覃子豪曾以"关于新现代主义"，黄用以"从现代主义到新现代主义"为题相继提出质疑，而引起"现代派"与"蓝星诗社"间的一场激烈论战。

二、"现代派"成立之初虽人多势众，风云一时，但其中除部分诗人外，大多对现代主义的本质与精神无深刻之体认，在气质和风格上彼此尤不相洽，例如郑愁予与林泠，本质上是纯粹的抒情诗人，较该派任何一位更具传统诗的风格，方思的作品明澈而重智，深具古典精神，纪弦本人又颇富浪漫色彩，似此精神不同，风格互异，又如何求其贯彻"现代化"的目标。

三、《现代诗》杂志经营不善，以致难以继续出版。

尽管"现代派"在理论和实践上发生许多矛盾和困惑，但它确为当时中国诗坛注入新的血素，为中国现代诗的发展燃起第一个火把。纪弦功在倡导，在现代文学史上自有其应得的地位，惜乎他在晚年再三为文取消现代诗，对富于创造性之年轻诗人时加抨击，一反他十年前推行现代诗运动之初衷。纪弦认为，中国的现代诗运动，成则归功于他的倡导，败则归咎于他的误导。实则现代诗运动乃一世界性运动，且艺术的创造本难逃自然淘汰律。年轻诗人在创作初期技巧尚未纯熟，对语言之驾驭力有未逮，作品多呈青涩，自难避免。但一个有自觉的诗人在成长过程中必将做自我修正，故生者自生，灭者自灭，身为前辈诗人对他们宜作批评性的鼓励，而不应施以消极性的排斥。

"蓝星诗社"系由覃子豪、钟鼎文、余光中、夏菁等发起创立的，后有吴望尧、黄用、蓉子、罗门、向明、阮囊等的相继加入。与"现代派"不同的是，"蓝星"仅为一个诗社，而非一个诗派。它既没有特定的理论和信条，而且社员在精神和风格上彼此差异甚大，部分受欧美诗的影响颇深，正如余光中在其英译《中国新诗选》的序文中说："他们（蓝星同仁）的作品不比现代派诗人的难懂，且显示各种不同的外来影响。夏菁深受狄金森、弗洛斯特与其他美国诗人的影响，吴望尧表现了由中国传统抒情诗到达达主义的各个风格，黄用具有超现实主义的激情而施以古典之抑制，覃子豪的句法基本上是纯中国的，但对题材的处理则倾向于法国的象征主义……罗门则在他的作品中表现了天花乱坠的理想主义。""蓝星诗社"鼎盛时期貌似团结，实则神各有属，例如同一时期即有两种诗刊发行，一为覃子豪主编的《蓝星季刊》，一为由余光中、夏菁、罗门等轮流主编的《蓝星诗页》（月刊），因而形成两个领导中心。实际上当年覃子豪由于态度诚挚谦和，热心辅导后进，在他逝世的前两年，几已成为整个诗坛年轻诗人的领导者。"蓝星诗社"主要作者，除其同仁外尚包括周梦蝶、敻虹、张健、袁德星、曹介直、旷中玉、王宪阳等。嗣因覃子豪之逝世，余光中、夏菁、吴望尧之先后离开台湾，"蓝星诗社"即停止活动，今后是否复刊，尚难预卜。

较诸"现代派"与"创世纪"，"蓝星"不论在理论上或创作上均显得趑趄持重，故对当时极富创造性与冲劲的另外两大诗社的实验性作品时有批评。对一个现代诗社而言，"蓝星"作风虽稍嫌保守，但不无制衡作用。今天看来，我们不能说"蓝星"对中国现代诗的发展一无贡献，但如果说"蓝星"同仁个人的成就大于他们对诗坛整体的影响，谅不为过。

不论精神上或实际创作上，真正继"现代派"以推广中国现代诗运动的是"创世纪诗社"。该社系以左营为基地，由张默、洛夫、痖弦创办，并发行《创世纪》诗刊。创始期间因无固定经费，出版经常脱期，且没有建立独特的风格，尚未形成气候。俟一九五九年《创世纪》诗刊自第十一期起扩充版面，充实内容后，形势大为改观，开始与"现代派""蓝星"构成诗坛鼎立之势。在张默的狂热与坚忍之下，这次革命性的改进，不仅扩大了《创世纪》的阵容，且乘"现代派"之余势，使发展中的现代诗进入一个空前蓬勃的盛期。诗坛许多杰出的诗人和评论家诸如季红、商禽、叶珊、白萩、叶泥、李英豪、郑愁予、叶维廉、辛郁、楚戈、羊令野、沙牧、大荒、管管、碧果、周鼎、梅新、彩羽、朵思等均为《创世纪》的主要作者，可谓集诗坛一时之盛。

《创世纪》诗刊因未按正规发行，自创刊至一九七〇年宣布休刊止，一直是在极度困难的状态下发展，但《创世纪》为中国现代诗运动所提供的贡献是不可忽视的。

一、他们曾有系统地译介欧美现代诗的各派理论与作品。

二、编选《六十年代诗选》《七十年代诗选》《中国现代诗论选》等，不仅将历年来诗人呕心沥血的创作加以整理出版免于流离散失，且为今后文学史家及评论家提供一项研究与批评中国现代诗的重要资料。

三、为具有创造力的诗人提供一个创作实验室，历年来培植诗坛新人甚多。

《创世纪》的作风并非无懈可击，且凡事缺失往往随成就而至，例如过于求新求变而不惜发表若干不够成熟之实验作品，以致形成诗坛某种程度之混乱。其次，《七十年代诗选》之编选不够精严，招致了部分文坛人士的批评。

自一九六四年成立的"笠"诗社是中国诗坛的一支新军。该社同仁均为台湾省籍诗人，主要社员有林亨泰、白萩、黄荷生、叶笛、桓夫、杜国清、李魁贤、赵天仪、锦达、吴瀛涛、林宗源、詹冰、岩上、陈秀喜、陈明台、郑炯明等。他们虽未标榜某一特定理论，因受日本诗的影响，部分社员具有"即物主义"的倾向，大多则富于乡土色彩和强烈的批评意识。他们由于内部的团结以及本省前辈诗人的支持，"笠"诗社之崛起，对我们沉寂一时的诗坛不无振奋作用。他们除经常介绍日本现代诗及整理诗坛资料外，另一特色乃在"集体批评"制度的实施。他们的批评颇为坦率,但深入而严格的批评均系受过训练的专业工作,一般人只能做泛泛之读后感。一个创作者任由一群人做皮毛的挑剔抽剥,实难免有被轮奸之憾。

"笠"诗社同仁从存在现象和从事物的直接反应中去求取诗的题材,以图创造更具人间性的作品,本是一条广阔的道路,但表现较为成功者仅有白萩等一两人,其他多因未能有效控制语言,表现过于直接,而使诗落于言诠。

"笠"诗社另一重大工作是"笠"诗奖的颁赠,第一届于一九六九年举办,获奖者有周梦蝶(创作)、李英豪(评论)、陈千武(翻译),由于评审态度公正客观,深获各界好评,故对"笠"诗社声望之提高大有助益。

以"创世纪诗社"与《南北笛》诗刊作者为基干而由笔者发起重组的"诗宗社"是于一九七〇年十月在台北"作家咖啡屋"成立的。该社是结集海内外从事诗创作、诗学研究的一个现代诗社,社员计有三十余人,其中包括具有十年以上诗龄的成名诗人,如辛郁、羊令野、罗行、彭邦桢、痖弦、郑愁予、商禽、叶维廉、张默、沈甸、管管、大荒、菩提、周鼎、碧果、彩羽、梅新、沈临彬、刘菲、洛夫等,也有资历较浅但潜力深厚的年轻诗人,如萧萧、罗青、林锋雄、余素、沙穗、季野、夏万洲、许丕昌等。该社自一九七〇年起与出版商合作,发行一种丛书形式、杂志内容的诗季刊,第一年已出版有《雪之脸》《花之声》《风之流》《月之芒》四册。此外,该社设立"诗宗奖",每年定期颁赠在创作、评论或译介上有卓越成就的作者,第一届"诗宗奖"获奖人为叶珊。

"诗宗社"虽不倡导某一特殊理论或组织特殊派系,但他们仍有其共同的旨趣和信念,例如对现代诗的再认和对中国诗传统的重估就是他们当前的两大目标。他们主张在作品上力求独创,在风格上力求各殊,以期为中国现代诗的继续发展贡献一份力量。

中国诗坛除以上五个规模较大、影响较广的诗社外,另有羊令野与罗行相继主编之《南北笛》诗刊,以古丁、陈敏华为首之"葡萄园"诗社,以林绿、翱翱等为首之"星座"诗社,以及近年来先后发行以青年诗人为主干之《龙族》《水星》《暴风雨》《主流》等诗刊；或因内情不熟，或因早期停办而未产生普遍影响，或因目前正在发展，成就尚难预测，我们都不拟在此另作详介和检讨了。

二十年来现代诗人筚路褴褛，惨淡经营，一方面本身为思想基础、美学观念、技巧创新与语言实验等问题所焦虑与困扰，另一方面尚须致力于对外界误解的澄清以及恶意攻讦的还击，这期间曾数度发生过现代诗的论战。诗人中覃子豪、纪弦、余光中、白萩、羊令野、张默、古丁及笔者均曾先后参加过正面的迎战，而内部也有过纪弦与覃子豪、黄用与纪弦、余光中与笔者等的相互讨论与批评。不管这些争执是否有所结论，但对现代诗运动的推展确已产生攻错与助澜的影响。此外，现代诗人对自己的译介也有了初步的成绩。首先有余光中的英译本《中国新诗选》（*New Chinese Poetry*），继有叶维廉的英译本《中国现代诗选》（*Modern Chinese Poetry*）及"笠"诗社的日译本《华丽岛诗集》。其中余译均为早期作品，以抒情诗为主，且未能在国外普遍发行，叶译则多为较成熟之现代诗，包括作者仅二十人，现正发行英美各国，《华丽岛诗集》所选作者甚众，惜乎因部分作品素质较低，缺乏代表性。

## 中国现代诗的特质

### 一、现代与传统

"新诗乃是横的移植，而非纵的继承。"（纪弦）

"中国新诗的成长，确以外来的影响为其主要因素，和中国旧诗的传统甚少血缘。"（覃子豪）

这是十八年前中国现代诗发展初期最具代表性的两个观点，基于革新求变的要求，这两个说法不同而观点一致的意见却正说明了当时诗坛的实际情况。但时至今日，印证近年来诗人们的理论和创作，这种意见显然有修正的必要。从世界各国文学史中，我们可发现一个事实，即任何一种正在发展中的新文学形式，必然要受到纵的与横的，也就是传统的与外来的两种相互交织的影响，偏于任何一面均非正常。十八世纪末叶，英国文坛即因受到凯尔特

（Celtic）古诗、民歌，以及当时法国革命时期文学的双重刺激，始有浪漫主义之兴起。中国现代诗的发展亦复如此，只不过接受西洋现代主义各流派的影响较为明显，至于纵的传统，因属思想和精神的范围，反而习焉不察。

对于一种创新的文学形式，传统自然是一项极为顽强的阻力，故反传统往往成为文学革命初期最为高昂的口号，中国自"五四"到当代，情形一直如此。遗憾的是，一般传统维护者仅勇于责人，而盲于对传统本身的体认，玑珠砂砾，一体呵护。实际上，现代诗人的态度激进中有审慎，他们既反传统也忠于传统，反叛的只是僵死的格律，因事比兴的表现方法，兴乎某些陈腐和实用的文学观念。

至于忠于传统的一面，我们可从哲学的和美学的两方面来讨论。前者是指诗人对自然的态度，后者是指中国传统诗中某些万古常新，至今犹为欧美诗人不解而又渴望获取的素质。中国诗人与自然素来具有一种和谐的关系，我心即宇宙，"赞天地之化育，与天地参"，主体与客体是不可分的，所以诗人能做到虚实相涵，视自然为有情，天地的生机与人的生机在诗中融合无间，而使人的精神藏修悠息其间，获得安顿。这种思想虽不为中国所独专，却构成了中国诗一种特质。中国诗人所谓的"静观"，正是透过这种人与自然的关系以探索事物本质的最佳方法。

诚然，自工业革命后，由于科学技术的急剧扩展、宗教的改革以及自我意识的提升，现代人对自然的态度已有极大的改变。近世西洋哲学中的二元论已将亚里士多德时代"宇宙为一和谐之秩序"的希腊古典信仰全部否定。存在主义或许指出了人类存在的真相，揭破了人性的疮疤，但萨特的世界却不是人类所企盼的世界，而诗人在本质上大多是一个理想主义者，他们并不企求进入柏拉图的理想世界，但仍希望通过现代美学重新回归到人与自然的一元关系，虽不一定能达到"究天人之际，通古今之变"，至少能使精神获得安顿，使人的希望在现实中被扼杀却能在艺术中获得超越，从混乱中建立一个新的秩序，从机械文明中重新寻获人的尊严。这正是中国现代诗人作品中所蕴含的重要思想之一，只因在表现上的潜沉和浑成，往往不易体察。比如早期覃子豪的"瓶之存在",方思的"竖琴与长笛",以及黄用、郑愁予、叶珊、周梦蝶等的作品无不如此。叶维廉近年来在对中国古诗与现代诗互作比较之后,已发现许多足以解释现代诗的重要理论,并为中国现代诗人提供许多新的观点。他在美国《TRACE》杂志"中国现代诗特辑"前言中曾谓:"由于艺术与工业技术之间难以超越的鸿沟日益扩大,中国现代诗人有意与无意之间正在诗中从事一种统合的努力,故不仅使艺术与工业技术之间得以沟通,且二者终将相互助长。"这正说明中国现代诗人在观念和创作中都在表现一种企图统摄自然与物性,传统与现代新关系的建立。

其次,中国现代诗人从批判过后的传统中也吸取了一种美学观念——或可谓之一种表现方法,并经过对语言的重新调整,使此一方法发挥了更大的表现效果。利用它,诗人不但可把握到艺术的本质,以及诗之为诗的特性,且可以在作品中提炼出一个境界——一种包容我们前面所说的那种思想的境界。

所谓"境界",本是王国维用以衡量唐宋以降诗词价值标准的一个术语。当然,由于现代诗表现现代人的存在经验更甚于表现单纯的对自然的反映,"境界"一词似难以全部涵盖它的表现内容,且它的语意未予界定,缺乏现代批评所需的精确性,但当我们把这个术语的特性做以下的归纳后,当可发现它仍适于解释大部分中国现代诗人的作品。我们认为,"境界"具有两项特性,一是真挚性,也正是王国维所说:"境非独谓景物也,喜怒哀乐亦人心中之一境界,故能写真景物真感情者,谓之有境界,否则谓之无境界。"但如果仅强调诗中的"真景物真情感",则许多赚人眼泪的低级歌曲戏文都成了有境界的文学作品了。因此,除了真挚性之外,诗中还必须具有一项更为重要的特性,那就是诗的超越性,也正是象征主义的"想象的飞越"。所谓"超越性",就是诗人站在高处来观察世界,欣赏生命各种姿态,也就是诗人利用暗示手法,通过有限性以表现无限性。事实上,艺术的无限性或我们所谓的超越,是衡量中国与西洋古典文学的重要标准之一。西洋古典主义者认为,诗不应仅限于描写实际而特殊的事物,必须要能表现事物的通性或一般真理(general truth),要能以特殊表现一般,这才能符合亚里士多德所谓"诗比历史更富哲学性"的话。

这种要求在诗中表现"一般真理"的观点，在今天看来并不过时，因为我们仍可以在许多杰出的现代诗中发现这种素质。我们认为，表现这种超越性最为有效的方法就是如何使诗产生语言以外的无限之意。作诗应如撞钟，钟声虽杳而余音不绝。如诗中仅有语言本身的意义，纵使这种意义具有深刻的哲思或道德的价值，但本质是非诗的，正如王国维所谓："古今词人格调之高无如白石，惜不于意境上用力，故觉无言外之味，弦外之响，终不能与于第一流之作者也。"

中国现代诗人不仅熟练地运用了这种表现方法，而且借用（或暗合）许多西方现代艺术各派的技巧，而使他们的作品能作更为丰富的呈现。例如：

明年髑髅的眼里，可有
虞美人草再度笑出？
鹭鸶不答：望空掷出一道雪色！

（周梦蝶：《蜕》）

我猜想，那雁的记忆
多是寒了的与暑了的追迫

（郑愁予：《编草秋》）

引向遗忘，遥远的遗忘
引向苍白

远方有苍白的声音召唤

我踩着一条翻转的死蛇
并怀疑它是否死透

唉！没有什么比不死透更坏

没有什么

（秀陶：《路》）

以上三组现代诗正是诗人经由静观到内省的过程，透过有限的语言、意象、经验和诗人的机心，使其想象做无限的反射，读者则可从这三种不同的情境中体认出一个共同的人生境界，比如说：一种对生命匆促无常、悲凉无奈的感悟。诗，就是一种对生命与宇宙无限的感悟，而不是格物致知的工具。

### 二、新方现之实验——两种倾向

正因为受到传统哲学与美学的双重影响，中国现代诗大多显示出两种本质相同而精神和表现上却有着极大差异的倾向：

（一）纯粹经验的呈现；

（二）广义超现实主义方法的实验。

所谓"纯粹经验"，就是人的直觉经验，在有文学之前人类即具有的经验。中国古诗中就有许多这种纯粹经验的呈现。王维的"大漠孤烟直，长河落日圆"，李白的"客心洗流水，余响入霜钟"，李商隐的"沧海月明珠有泪，蓝田日暖玉生烟"。这种诗的好处即在"不涉理路，不落言诠"，而达到"不着一字尽得风流"之化境。但我们必须警觉到，纯粹经验本身并不就是诗，正如潜意识不是诗一样。成诗的关键乃在"呈现"的过程，同样的思想、经验，甚至具有对于事物同样深度的感受，却可以写出优劣不同的诗来。因此，诗人最为重要的一项功夫即在语言的提炼，以及修炼此一功夫所需的机心。

"纯粹经验"也是西方现代美学的重要观念之一，首先美国诗人爱伦·坡（E.A.Poe）认为：诗的本质是一种由张力所形成的抒情状态，其效果与音乐相似。诗只有一种纯粹美学上的价值，因而排斥一切的知性、逻辑思维与实用性，这都是属于散文的范围。其后，二十世纪初期法国诗人波德莱尔、马拉美等承袭此一观念而倡导象征主义。对他们而言，纯粹就是一种绝对，能产生相当于音乐中形而上及神秘经验的效果。实际上，这种纯粹观念只是一种理论，一种诗的本体论，诗究非音乐，诗必须依恃语言，且须透过意象才能呈现，而语言固然有其暗含的意义，同时也有它本身的意义，也就是字典中的意义，所以语言本身既是文学的，也是科学的，是抒情的，也是分析的，我们无法摆脱语言而谈诗，故西洋的纯诗理论毋宁说只是一种美学观念。

　　但中国现代诗人对"纯粹经验"的追求是受到中国古诗的启发，希望能突破语言本身的有限意义以表现想象经验的无限意义。叶维廉尤服膺此一观念，且阐释甚详。他认为："纯粹经验即是要从事物的未经知性玷污的本样出发，任其自然呈露，诗人融入事物，使得现象与读者之间毫无阻塞。事物由宇宙之流中涌出，读者与事物交感，诗人不插身其间，不应用演绎的逻辑，试图做人为的秩序，不把事物指限于特定的时间和空间，所以在文字上几乎没有分析性的元素。"这正是中国古诗中的独特风貌，也是中国语言（文言）的特性。诗人不需使用指限性的"冠词""时态"（过去、现在、将来），即顺着心灵的流动和"意象的迸发"，从混沌的经验中建立起一个秩序，诗人"不必站在经验外面啰啰嗦嗦地解说、剖释，即可使读者感到诗中的张力和冲突"。今天在使用语体文为媒介的现代诗是否也能达到同样的效果？是否能暗示出同样无限的"言之意"？当然其中有待解决的问题仍多，但十几年来中国现代诗人一直在进行这种实验，叶维廉的《赋格》、痖弦的《深渊》、笔者的《石室之死亡》、商禽的《天河的斜度》，叶珊、方莘、张默、楚戈、敻虹、管管等某些作品都含有这种倾向，而诗人中最能把握这种表现方法的是叶维廉。然而，在这种呈现"纯粹经验"的作品中，我们也发现了一些困惑——即理论与实际作品之间的距离。

　　这种高度纯粹的诗固然饱含"张力与冲突"，表现出不可言状的心灵隐秘，甚至可以达到不落言诠，不着纤尘的"禅"境，一则使我们恢复人与自然的冥合关系，一则使我们发现人类经验中为一般人所忽视的事物本质，或如古时柏拉图，近代柏克森所追求的"最终真实"（ultimate reality）。在理论上这是可能的，可是问题在于：一般读者当面对含有知性成分的语言进行欣赏时，如何能使他们完全无碍地由特殊过渡到普遍去？诗不仅应具有艺术的丰富性，具有可以提供多种解释的暗示性，同时仍须具有普遍的意义。诗人可超越感性与知性的界限，但他仍必须从感性与知性融合一体的基点上出发。如果诗人的语言完全不受意识的操纵，岂不将重蹈超现实主义"自动语言"的覆辙？一个作者可以任由心灵流动，意象迸发而不施以理智的控制，但对一个充满世俗经验、习于剖释推理的读者而言（现代人知觉远较直觉发达），又如何能使他一方面开放感性的窗，另一方面关闭知性的窗？近来，一般知识甚高的读者与批评家都在期待中国出现较伟大的现代诗，所谓"伟大"的诗，并非就是万言史诗，却必须具有相当的知性深度，至少是像艾略特《荒原》那种的诗。一个诗人的创作意图自不必受某一目的或他人意见的限制，但诗人感性与知性的平衡发展该是较为正确的表现。感与知本为"认识论"中的一个矛盾，而调和这个矛盾正是文学的一种功能。

对一个中国现代诗人来说，所谓"现代诗"，并不纯然就是西洋现代主义的产物，也不仅意味着一种时代性的新文学形式，或一种语言与技巧的革新（如中国二十世纪三十年代的诗），而更重要的乃是一种批评精神的追求，新人文主义的发扬和诗中纯粹性的把握。因为是批评的，它能借知性的活动从生命消极的一面去了解生命积极的意义；因为是新人文主义的，它能反映出个人在巨大的时代之流变中所遭遇的困境，以及他面对此一困境所显示的力量；因为是纯粹的，它能突破以上两项因素，不致使诗沦为名教的附庸而达到直指人心的效果。

今天，是人类最迫切需要对他自己有所了解的时代。我们发现，除了文学艺术外，我们几乎不可能在其他方面获得这种了解。当然，我们有时可能要就教于精神病医生，或者去找哲学家，但医生与哲学家往往以诗为证。在现代世界中何处可获得知识的安全（intellectural security）？哪里有既定的，不但能显示出宇宙的秩序，且能确定人在宇宙中地位的真理？哪里有既被普遍承认而又能界定人类存在情况的标准？这些问题谁也不能肯定说他已得到答案，哲学家李维（Albert William Levi）在他的《哲学与现代世界》

（*Philosophy and the Modern World*）一书中竟以艾略特、叶慈等的诗来解答。因此现代诗必须是现代人心灵的镜子，映现出生命中的诸多样相和问题，而有助于我们对生命更多的了解。中国的传统诗在本质上大多是抒情的（且甚多为浅薄的感伤诗，这正是一般旧诗读者所拥护的传统），有飘逸空灵者，也有豪放激情者，可说有境界而无知性的深度。我们所谓的知性或思想性，希望不致误解为知识（虽然知识有助于知性的发展）或逻辑思维，而是对生命本性的体认、生命真谛的探索，这种本性与真谛唯有在残败的生命情境中发现。换言之，诗中知性的存在，其实就是时代精神象征的存在，最高层次生命价值的存在，做一个芸芸众生之外的个人主体的存在。现代诗人应介入人生，经营人生，然后通过作品批评人生，以写诗作为我们肯定生命的一种宣告。我们发现世界上有一种称为"写诗的人"，有一种称为"诗人"，在真正的诗人作品中，我们可以毫不费劲地发现一项重要的素质，那就是"生命的流动"，从他的诗中你可以听到血液的呼啸，并且感觉它在不断地生长。

如果说富于古典趣味的抒情代表中国现代诗人发展中的第一个进程，纯粹经验的呈现代表第二个进程，那么调整知性与感性，表现生命的流动，既具真挚性而又含有超越性的诗代表了另一个新的进程（这只是比较性的划分，并不精确）。这种诗，除了语言外，其美学观念与表现方法颇受超现实主义的影响，笔者在《超现实主义与中国现代诗》一文的结论中说："这种诗能以较完美的形式反映出民族与个人在这个时代中的生命情态和精神真貌……这种诗是意识的，也是潜意识的；是感性的，也是知性的；是现实的，也是超现实的，对语言与情感施以适度之约制，使不致陷于自动写作的混乱和感伤主义的浮夸。"事实上，今天大多数中年一代诗人的作品在精神和风格上都有这种倾向，虽未形成一种主义，却构成了当今诗坛的主要风貌。

这种诗常为人所批评的是缺乏严谨的结构，易造成混乱，其实不然。诗的结构本源于亚里士多德，他在《诗学》中指出，诗应有"头、中、尾"，故西方诗是一制作过程（making）。但中国诗是一整体生命的呈现，《诗经》源于民间的口传，自无结构，而发展成五言、七言律诗、绝句后，因本身即为一固定形式，根本就无所谓结构。中国诗所重视的是肌理与浑成的气韵，而不太讲究结构，前者是生命的有机组织，后者是机械的人为制作。中国现代诗所要求的也正是生命的内在形成。且现代诗由于语言更趋精炼而产生一种张力，以维系整首诗内容与形式的统一性。

我们不妨把这种诗的特性做进一步的归纳说明。

1. 从混沌中建立秩序

现代诗人为了追求诗的真挚性，往往视潜意识为诗的重要根源，但潜意识本身一团混沌，并不就等于诗，它必须通过适度的意识的自我批评后始成诗。自我批评须注意语言的清澈性（非一般所谓的明朗性）。一首好诗，内在经验与外射形式应是全等式，诗中相当程度的晦涩与相当程度的清澈同样重要。迦叶尊者在灵山会上拈花一笑，就艺术的表现论而言，这一笑不正是一种晦涩不过也清澈不过的语言吗？因此，拨云见日，在混沌中建立秩序乃是诗人必具的能力之一。例如商禽的《晓》：

突起的乳房恰似老天前倾之额

晓行的女子用轻咳试探你，老天

前倾之额掩住欲张的眼

欲张的眼被阻于突起的乳房

2. 从矛盾中求取和谐

生命现象本是一种矛盾，诗人能借助"直觉之眼"从各个现象的冲突中见出融洽，从荒谬中见出真性，从空无中见出本体。诗人不仅在"见出"，哲学家、禅师也都能由冥想中参悟到生命的真性与本体。诗人最大的本领乃在表现，使这种矛盾通过诗的超越性而转化为和谐。所谓转化，即如何由日常生活中选择平凡的事物与情景，而提炼出不平凡的意象，然后做有机性的安排，使其以一种不平凡的情景呈现于读者心中。例如方莘的《无言歌：水仙》中第一节：

早晨当我到邮局去的时候

冬日的昙天是张晶亮的雕花大玻璃

一丛水仙在后面燃着熊熊冰冷的火焰

Echo，你的名字是一双美好的新鞋

每晨令我踏上一程痛楚的忻悦

这几句诗中的矛盾语法显出两种或两种以上的冲突力量，由不和谐的情景中组成一种新的和谐秩序，使我们日常习见的相互冲克的事物顿然产生了新的关系，因而能使读者从熟知的陈旧经验世界中获得一种惊奇的新发现。

3. 以特殊表现普遍

基本上，诗的创造完全建立在个人的情感和经验上，但由于好的诗本身具有一种超越性，故能使个人的特殊情思和经验转化并提升为一种普遍性的意义。艾略特的名言"诗是个性的规避"（an escape from personality），不如说"诗是个性的超越"（a transcendence of personality）更能解释诗的价值。例如中国古时某些广义的抒情诗，作者的本意只在消除个人生命中的矛盾和烦恼，但结果却暗示出宇宙性的悲哀，好的诗无不提供出多层次的含义，如李商隐的"向晚意不适，驱车登古原。夕阳无限好，只是近黄昏。"我们可以解释这是作者自悲身世，也可解释为"忧唐之衰"，而一个高度敏感的读者更可从中感悟到整个宇宙的运化无常和生命中更深一层的悲剧意识。现代诗中这类例子尤多，例如痖弦的《深渊》中的一节：

而我们为去年的灯蛾立碑。我们活着。

我们用铁丝网煮熟麦子。我们活着。

穿过广告牌悲哀的韵律，穿过水门汀肮脏的阴影，

穿过从肋骨的牢狱中释放的灵魂。

哈里路亚，我们活着。走路，咳嗽，辩论，

厚着脸皮占地球的一部分。

没有什么现在正在死去，

今天的云抄袭昨天的云。

4. 以有限暗示无限

诗的价值不在抒情，至少不仅止于狭义的抒情。中国许多不朽的古诗都
具有一种永恒因素，即经过特殊组织的意象，使有限的经验世界提升为无限
的精神境界。诗，好比一只飞翔的兀鹰，在现实之中而又超乎现实之外，它能
旋飞九天，但世界仍在它的俯视之下，地面上的人可以看到它渺微的羽翼和
各种飘逸的姿态，但也为它背后茫然无际的天空所迷而坠入无限的幽思。许
多中国现代诗也同样具有这种特性，例如叶维廉的《河想》：

白日啊

为什么你逼进我的体内

而酿造河流

为什么当那无翼的

飞腾向你

没有根鬓的就站住

没有视觉的

就抓住那巍峨，而两岸

就因我的身躯而分开

### 三、现代诗的语言

自从中国新诗以散文语言为表现工具后，一般读者所面临的最大困惑是
难以分辨什么是诗，什么是散文。事实上这个问题自古迄今一直存在，韩愈
的示子侄诗《符读书城南》、杜甫的《春水生》等作品，形式像诗而本质上却
是散文，而中国若干赋、序、庄子诸篇等，形式虽是散文而实际上却含有饱满
的诗素。就诗的本体而言，中国有所谓"神韵""兴趣""性灵""意境"等说

法,西洋有所谓"自然的模仿"(亚里士多德)、"情感的自然流露"(华兹华斯)、"美的感动"(波德莱尔)、"纯粹的感应"(瓦莱里)等理论,但仅就语言来说,诗与散文最大的分别乃在前者是暗示性的,后者是指涉性的,而暗示性又产生于语言的张力(intensity)。张力与浓缩不同,中国的文言文大都略去主词与连接词,浓缩而不害语意,但并不就是诗的。诗语言的张力,正如前述,乃存在相克相成的两种对抗力量之中,提供一种似谬实真的情境,可感到而又不易抓住,使读者产生一种追捕的兴趣。

中国现代诗大多由这种极富张力和暗示性的语言所构成,尤以前面所讨论的第三进程的诗为然。例如:

陀螺的脸被一鞭一鞭地抽着,漂泊,漂泊,像一笔一笔的颜真卿,你是只断了线的风筝,漂泊,漂泊,漂泊着那么一种乡愁。

(管管:《弟弟之国》)

当时,总是一排钟声
童年似的传来

(叶珊:《十二星象练习曲》)

显然,以上两节诗都是散文句法,其中"陀螺""一笔一笔的颜真卿""断了线的风筝""乡愁""钟声""童年"等本身都是一些平凡而互不相干的事物,但一经有机性地安排,彼此之间便产生了美学上的新关系,其中多层次的空间和同时存在的张力,构成了内含性(connotation)和外延性(denotation)均衡发展,互相配合的意义,这就是诗的语言,它所含有的意义即诗全部的意义。

这种语言形成一种意象,具有活泼的生命,同时由于这种语言是以一种新颖而突然的方式结合在一起,几可使我们有一种面对强光睁不开眼睛的惊奇之感,比如像"谁能于雪中取火,且铸火为雪",或如"烧夷弹把大街举起犹如一把扇子",或如"我是从日历中翻出的一阵嘿嘿桀笑"等,这一类诗句,它们的好处乃在不断地改变语言固有的意义,而赋予诗一种生长性。一首诗固然要透过个人的经验才能欣赏领悟,但诗未必就符合每一读者的经验,各个人得之于诗的经验差异极大。在欣赏时,一首诗常会为各个人不同的气质、修养、当代的文化和风尚、哲学和宗教思想,甚至当时的精神状态所改变,因此每次不同的欣赏,有时可能在诗中失去了一些什么,有时可能加入一些什么,只有一棵枯死的树是不可能再生的,好的诗是在不断地变化和生长的。

较诸二十世纪三四十年代的新诗,中国现代诗不论在语言的提炼上或意象的经营上均有显著的成就,因而更能产生诗的效果。某一时期,诗人的风格各殊,语系互异,其中若干表现杰出者,不仅在技巧和语言上自成一格,且影响甚广,唯其如此,竞相模仿者也日众,这种倾向可能产生两种危机:

其一,某种语法广为使用,势必失去其原有机能,且日久终将难以分辨究竟谁是创始者了。

其二,某种语法既经流行,因便于模拟,往往制造出许多伪诗。所谓伪诗,一则非出自作者自己的生命,虽表面新奇而实则机械,再则因语言关系位置之错列而形成混乱。这种错列,就结构而言是文法问题,就诗而言则为美学效果问题,前者也许不太严重,后者就难以容忍,因为一首诗如不能发生美学效果,岂非浪费!

或许由于以上两种原因,许多中年一代的诗人近年来不是暂时封笔、坐观风色,就是在精神、风格和语言上逐渐转变,其中变化最显著的是余光中、叶珊、叶维廉、白萩以及笔者自己。余光中知识分子的机智与夸张仍不减当年,但晚近作品较富知性和对时代的敏感,几乎完全摆脱"莲的联想"时期那种机械式的抒情。叶珊与叶维廉的作品近年已从纯感性中超脱,而进入一个更为纯粹的经验世界,益见其诗生命无限潜在的涌现与流动,虽然就现代诗的精神而言,他们仍耽于内省而疏于介入。白萩及"笠"诗社若干同仁则趋向尖锐的批判及讽刺,但他们对语言的驾驭多欠纯熟,故句法不够精练,诗中缺乏张力。他们敏于观察而滞于想象,他们能体验生活,但就诗论诗,如何使诗既具真挚性而又富超越性，亦如习武功的高手，如何使思想的内功由强劲而富魔力的语言打出，则仍需一番磨练。

## 结　语

根据本文开始所提出的文学发展的观念，我们似乎可以断言：从文学史中，我们固然可以了解整个文学发展的脉络，看出作家们走过来的历历足迹，但他们未来的路如何，却难做大胆的假设。即以今天我们所读到的诗而言，一百年，甚至五十年后将是何种模样，谁也不能预作臆测。"江山代有才人出，各领风骚数百年"，变，自是必然，但艾略特所谓"二十年一代"的说法是否适用于中国文学的发展，不无疑问。文学的趣味或可在态度严正、见识卓越的批评下得以匡正，文学思潮（美学观念）与形式的演变却必然受到民族性、时代及社会环境等因素的影响。比如，二十年来中国诗坛一直回响着"强调知性"和"追求大众化"的两种呼声，但事实上在这两方面努力而获有成就的诗人，可说绝无仅有，也许由于我们背负着一个深厚博大的文学传统使然，自觉的现代诗人虽然明知个人抒情主义的纤弱与狭隘而企图以更接近人生更具深度的思想性予以调整，但绝对"知性"的诗对他们是不可思议的，过于强调知性往往使诗人的创作欲陷于衰退与枯竭（林亨泰与季红或许就是例证）。

诗的"大众化"只是一种理想，一种乌托邦（utopia）。没有一个诗人以"曲高"自恃而拒绝更多读者的欣赏，但"诗的"与"流行的"二者本就是一种矛盾。或问：中国诗坛是否有一天也会出现一些像美国极为流行的，配合爵士音乐演唱的民谣诗人，例如鲍勃·狄伦（Bob Dylan）、爵安·贝兹（Joan Baez），或属于beat generation的诗人如艾伦·金斯堡（Allen Ginsberg）、佛林格蒂（Lawrence Ferlinghetti）等，因而把中国现代诗有效地带到真正"大众化"的境地？这种新的发展并非绝不可能，但问题乃在它是否符合我们读者的口味。再者，也是最主要的一点，这种作品中究竟含有多少诗味？我们数千年来培养而成的诗的观念和欣赏趣味想在短时间内猝加改变，似乎不太可能。

因此,我们认为,今天问题的症结不仅在于追求"知性"和"大众化",如何创造一种既是中国风的,而又能确切表现出现代人的精神、思想与生命情态的诗,才是我们以及年轻一代诗人最重要的课题。

能领中国未来诗坛"风骚"的自然有待另一批新的诗人,他们将以全新的美学观点和形式来取代我们今天流行的诗。他们是谁?我们不得而知,他们绝不是今天诗坛上年轻的一代。固然,今天我们诗坛上青年诗人辈出,新的诗社、诗刊纷纷出现,但这并不足以证明在观念上与技巧上他们与前一辈的诗人处于对立的地位,他们的努力仍然只是前辈诗人事功的延续,他们的创作无疑将使我们诗坛既有的成就更为充实。虽然我们也会发现若干年轻诗人对前辈诗人显示出强烈的反叛意识,但遗憾的是,他们一面反抗(此种反抗并非表现在作品的超越上,而只表现在恶意的攻讦上),一面却又在创作上或多或少受到前辈诗人的影响。换言之,他们仅为反叛而反叛,并非为实现自己的文学理想而反叛。

我们诗坛的确需要新的血轮,也期待新的局面的开拓,更寄望培养一种独立思考与自由创造的精神。然而,除非社会性质与形态起了剧变(例如由今天的半农业社会进入全面的工业社会),我想即使再过二三十年,我们诗坛恐怕仍难有"新一代"出现。

——《中国现代文学大系》诗选序

## 《创世纪》的传统

——《创世纪》50周年特刊前言

　　一个诗人建立自己的独特风格，或许十年可期，而一个诗刊如要建构一个可大可久、可资传承的优良传统，则非五十年长时期的点滴积淀、融汇梳理莫办。而今适值《创世纪》创刊五十周年之际，回首前尘，探望一路颠簸摇晃却勇往前行的步履，我惊喜地发现，我们果然创造了历史，而且相当辉煌。

　　传统是智慧与时间的累积，实际上传统也就是历史，对一个像《创世纪》这样的诗刊而言，更是一段从走过荆棘，突破困境，响应改革，力主创新，以至渐趋成熟的求索过程。这一过程正无可争辩地印证了一个事实：即通过历史的梳理与理论的辨析，我们毫无疑虑地认识到，我们确已创建了中国现代诗的新格局、新境界，并形成了我们的传统。

　　《创世纪》的传统可归纳两点来讨论，来验证：

　　其一，追求诗的独创性，重塑诗语言的秩序。卡夫卡说："每个人都是独特的，每个人都有发挥他独特性的权利"，诗人尤其如此，只不过现代诗的独特性不是闭门造车式的无中生有，而是须经过一段外摄内化的蜕变过程，概而言之，即融通中外，承接古今，创造出一个全新的有欧有古而又不见欧不见古的，彰显个人风格的中国现代诗。"台湾现代诗运动，并没有发展成为西方现代派的一个支流，反倒像是穆旦二十世纪三十年代提出的'新的抒情'的丰富和深化；既是诗质内涵密度的丰富和深化，也是语言策略和表现手段的丰富与深化。"①这位内地学者的论说，完全可以挪用到《创世纪》身上来。亦如北大教授谢冕所指出："在中国新诗的发展中，始终值得珍贵的品质在于,它在传统与现代的夹缝中是前驱的,而非退守的,是变革的而非停滞的。《创世纪》的先驱姿态,以及它始终高扬的实验与创造精神,乃是中国新诗发展中一面飘扬的旗。"②

众所周知,《创世纪》从第十一期起,开始摆脱纠缠了四年之久的"民族路线",而向西方现代主义作全面的探索,除了以"超现实性""独创性""纯粹性"作为本刊的指标性的创作路向和主要风格外,更于四十年前即抢先喊出了今天最流行的"全球化"的"世界性"口号。其实,西欧现代诗流派对《创世纪》诗人群的影响,除了个别的在自觉与不自觉之间涉及广义的超现实主义外,其他色彩并不鲜明。我们主要是在西欧新艺术思潮启发之下,追求一种新语言秩序之重整与实验。我们对语言探险的兴趣,显然大于对观念本身的兴趣。探索语言的独创性,不可避免地要冒相当的风险,比如在强调语言的表现性时可能就会损害到语言的传达性,而不免引起晦涩难懂的负面效应。不过就诗的本质而言,所谓"共鸣性"并不是一种绝对的要求,它无非是个人投射出去的对生命的感应,刚好达到事物的普遍性,但绝不能放之四海而皆准。当然,要达致这个目标也可以,只不过这些东西已不是诗,而是政治宣传品或商业广告。优质的、独创性强的艺术作品都有它某种不可简单化的复杂性与丰富性。二十世纪六十年代的《创世纪》诗人群,如管管、张默、碧果、辛郁、商禽、痖弦、笔者等都在语言和意象的创造与实战上大展拳脚,各显身手,惊得读者无不目瞪口呆,钦羡者有之,斥责者亦有之。诗评家沈奇在《世纪之创:对接与整合》一文中说:"对现代汉诗意象之经营,是台湾诗坛特别突出的一大贡献,这一经营的长久性、全面性及深入的程度,都是前所未有的,可以说已成为台湾现代诗的一大优良传统。"③其实他这一段评述,更适用于《创世纪》。

毋庸讳言,《创世纪》最大的美德,最值得称道而仍须延续下去的传统,就是孜孜不倦地对艺术的绝对性和语言形式的可塑性的求索。但我们也需要更多的谦抑、节制的耐心和对新生事物探索的热情。我们需要一点不甘于自我重复的自觉,更需要一种自信与勇气,来面对诗被市场经济、物欲主义以及矫饰的大众文化逼至边缘、备受冷落的尴尬局面。以今日诗坛本身的境况来看，诗的"滑坡"原因之一乃咎由自取，诸如语言形式的失控失序、网络写作的横行无忌，这固然暗示了一个时代的新审美风尚和新趣味的追求，但在这一转变中，在这盛产垃圾文字、泡沫与口水诗的年代，我们如何保持诗本质上的稳定性和语言形式上的创造性？这的确需要我们深沉的自觉和不妥协的坚持。这点，《创世纪》无愧的作为是有目共睹的。

今天的汉语诗坛确实有它悲哀的外在与内在因素，但无论如何，一个真正的诗人是没有悲哀的理由的，因为从审美的角度而言，从来就没有人怀疑诗本身的价值。真正的诗人从来不以市场价格的观念来衡量诗，而是以价值取向来规划我们的创作生涯。严格定义下的诗人无不认为写诗不只是一种写作行为，更是一种价值的创造，包括人生境界的创造（如李白、王维），生命内涵的创造（如杜甫、莎士比亚），以及语言意象的创造（如李商隐、马拉美）。这一价值创造的理念正是《创世纪》诗人群追求诗艺、坚持其独创性与纯粹性数十年如一日的最高信念。

其二，对现代汉诗理论和批评的探索与建构，是《创世纪》另一大传统。我们发现，作为创作的一种内在依恃力量，每一位彰显其独创风格的诗人，都会有一套虽不尽严谨却能自成体系、自圆其说的理论。《创世纪》自始并未揭橥什么信条，也没有标举一项统一的典范性的诗学理论，却不乏自成规范的理论家与批评家，诸如早期季红的《诗之诸貌》、痖弦的《诗人手札》都可说是当时脍炙人口的现代诗话，日后笔者有关"修正超现实主义"的一系列评论也颇引人注视，而张默的多元创新论、辛郁的人文关怀论都能表现他们最基本的诗学理念。而在创作、教学之余犹能建立一套具有学术严谨性的诗学理论的，则是先行的叶维廉和继起的简政珍。事实上，他们二人在理论与批评上的影响已远远超越诗社的界域而扩及整个台湾，甚至内地诗坛。论及创作或许见仁见智，难有定评，如以理论与批评之实力而言，《创世纪》当可取得领风骚之地位。

谈到这里，我们不能不回顾一下《创世纪》草创期间的理论雏形。通过对历史的梳理和理论的辨析，我们现在的反思应是比较客观的，比如创刊号上"代发刊词"中的所谓"政治性格"和"战斗诗"的言说，只是当时（二十世纪五十年代）大环境中社会脉动的一种不自觉的"跟风"，一种出于无奈的政治表态，决非我们衷心服膺的诗美学上的终极追求，而我们不断蜕变且不离其宗的核心理论，仍属张默在"代发刊词"中提出的"民族路线"，以及继而由笔者提出的"新民族诗型"。我们的主张在当时的政治现实和文学氛围中，确实是异军突起，一方面是对"八股"的制衡与调整，一方面也是对纪弦"横的移植"论的及时反应。这点萧萧没有看走眼④，同时我们也不能不承认他以下这段大致客观的评述：

"新民族诗型"的巨大声浪淹没了其他的声音、强势的理论态势，引导着《创世纪》的走向。可以说这前十期的《创世纪》是民族主义者的感性演出，是军人属性与诗人气质的交糅，展现了《创世纪》的草莽性格与狂飙作风。论，仍嫌粗糙，诗，未达水平。但诗与论结合的狂热气息具有无与伦比的感染力……⑤

只是他说"隐然，一个新的'民族观'在逐渐成型……"这一假设是不成立的，他独标"新民族"的断读，显然是一种误读，我的本意只是"新"的"民族诗型"，这与我日后主张的"大中国诗观"在断读上刚好相反，我强调的是"大中国"，一个包含内地、台、港、澳，以及华人活跃的海外的文化中国。

现容我们再次回顾一下《创世纪》的生成与发展历史。我们在这五十年内，先从"民族路线"具化为"新民族诗型"，再从掉臂而去反抱西方现代主义到"修正的超现实主义"（或称中国化的"超现实主义"），然后回眸传统，重塑古典，并探求以超现实手法来表现中国古典诗中"妙悟""无理而妙"的独特美学观念的实验，最终创设了一个诗的新纪元——中国现代诗。这不仅是《创世纪》在多元而开放的宏观设计中确立了一个现代汉语诗歌的大传统，而且是整个台湾现代诗运动中一个不容置疑的轨迹。这种诗的形式现已成为汉语诗坛的主流,它大大释放了语言的感染力,催生了包括后现代主义、女性主义等诗歌的新趋势,使诗的创作更加深入地进入各种可能的探索。

在《创世纪》理论整个的演变中,表面看来,我们初期似乎曾在民族与西方、现代与传统之间有过一段短时期的犹疑与迷失,其实那是被时势推动的一种突然跃进。不错,"民族"是我们的基调,但"新"是指什么?如何"新"?当时,我们却茫然无绪,但历史的发展证明了我们的"歪打正着",现在我们才恍然大悟,所谓"新",原来就是长时期地涉足西方现代主义,继而又长时期地对中国古典诗学做深层次的探索,然后通过审慎的选择,进而使两者做有机性的调适与整合,终而完成一个现代融合传统、中国接轨西方的全新的诗学建构,这就是前述的中国现代诗。

不过,中国现代诗(内地习称"现代汉语诗歌")也面临一些陷阱,其一就是所谓的"新古典主义",始作俑者及其论文有二十世纪六十年代林以亮的《论新诗的形式》、梁文星的《现在的新诗》、二十世纪七十年代余光中的《谈新诗的语言》等。这些声音在当时据说有"启聋振聩"的作用,但也被视为桴鼓相应,堂而皇之反对西化,反对现代主义的"复古派"势力,事实上确也因此形成了一些误区。受此影响,某些诗人为了刻意表示继承古典诗的余韵,凡写景必小桥栏杆,写物必风花雪月,写情则不免伤春悲秋,其遣辞用句多为陈腔滥调,写出来的都是语体的旧诗,我则直指为"假古典主义"。当然也有学者认为,这是重新体认汉语传统和古典诗的魅力,为现代中国诗寻找解困的策略,但也认为"回望传统的光辉显然是为了更自觉、更清醒地面对现在和未来,以建构今天的诗,而不是一种怀旧式的沉溺。"[6]针对新古典派的语言形式论,当代学者诗人郑敏另有看法:"对语言概念的深层意义应有所领悟,我们应走出语言工具论的庸俗观念,对语言不可避免的多义性及其自动带入文本的文化和历史踪迹,我们要主动地当作审美活动来探讨。"其实认为诗的语言不只是一种载体,反对语言的工具论以及重视语言的多义特性,早于二十世纪七八十年代就已成为《创世纪》理论家和诗人群的共识。杜甫的"语不惊人死不休"、韩愈的"文字觑天巧"、李贺的"笔补造化天无功"，以及今人"诗止于语言"等如此极端的语言论，也都在《创世纪》诗人群的长期实验中获得可观的成果。

由于早期的特殊语境，痖弦曾以"草莽加学院，秀才遇见兵"近乎调侃的话来形容《创世纪》的理论与批评性格，这也可看出《创世纪》这个诗人群体的复杂性和它多元共生的特殊性。当在孤灯荧荧之下面对稿纸时，他们是绝对孤立的，个性俨然，各有面貌。但他们饮酒、海聊或集会正式讨论诗歌问题时，他们的言说却有着惊人的一致性。换言之，他们的思路都会绕着一个主轴在旋转，比如就诗美学的内在脉络而言，从笔者初期在"新民族诗型"中倡言的"意境至上""中国风味"和日后实验超现实主义与禅的辩证，到叶维廉的中国古典诗学与西方现代诗美学的汇通，以及道家哲学在他评论中的回响，再到简政珍的"沉默的语言"论与"不落言诠""言外之意"等古典诗论的对话，证明《创世纪》的理论在建构演变中一直在寻找一个呼唤，一个穿越亘古时空永远鼓荡人心的声音，这就是如何寻找与重建现代汉语诗歌之美。这一追寻的持续努力，这一求索的反复探究，实际上就逐渐形成了我们诗美学的伟大传统。

**【注释】**

① 王光明：《现代汉诗的百年演变》，第460页。
②《创世纪》一百期创刊四十周年纪念专号，第116页。
③《创世纪》一百期创刊四十周年纪念专号，第210页。
④⑤《创世纪》一百期创刊四十周年纪念专号，第40页。
⑥ 王光明：《现代汉诗的百年演变》，第660页。

## 大海诞生之前的波涛
### ——《两岸四地中生代诗选》导言

　　仅就中国内地而言，中生代诗歌发轫于朦胧诗末期，大成于二十世纪九十年代，这或许是一个可信的历史概述。至于台湾，中生代诗歌发展的时序和轨迹并非如此明显，但其成长的势头与个别成就，却是台湾当代诗歌发展史上最受关注且能展现传承脉络与典律变迁的现象。不过迄今"中生代"这个源于地质学的名称，其属性、特征与代际割分，仍有待进一步地梳理与厘清，而求证最好的方式，莫如先端出一盘精美可口的大菜，以资品鉴与检验，于是这部《两岸四地中生代诗选》便应运而生。

　　在"中生代"此一命名之前，先有内地的"中间代"和台湾的"中坚代"之说。"中间代"与"中生代"着重于时间性的代际划分，而"中坚代"则强调诗人的主体性、独立性，且意味着在取代行将式微的前辈地位之前便已卓然有成，颇能代表台湾诗坛的中坚力量。他们大约出生于一九四九年（苏绍连）到一九六九年（陈大为）之间，约于八十年代出道诗坛，成为九十年代至今的台湾诗歌群落的主干分子。此与中国内地诗歌生态的形成大致相似。前浪势衰力竭，后浪汹涌而来，"中生代"势必成为大海诞生之前的波涛，此乃文学史演进的自然规律，谅无疑议。

　　中国内地于二〇〇四年曾出版一部《中间代诗全集》，这可能是"中生代"这一命名的前身，但有人质疑"中间代"这个说法有欠周延，不够科学。其实，早于二〇〇一年内地"中生代"诗人欧阳江河就在讨论《1989年后国内诗歌写作》的一篇文章中提到"中生代"的几项特性：本土气质、中年特征及知识分子身份，只是并未把"中生代"这个名词推向历史的前沿而成为当下诗坛议题的聚焦。近年来对"中生代"及其创作状况已有日趋广泛而深入的思考和讨论，要者，有吴思敬教授的《当下诗歌的代际割分与"中生代"命名》的论述，他抛出了"宏观描述""沟通海峡两岸""消解内地诗坛运动情绪"三个议题，继而北京出版的《诗探索》（二〇〇八年第一辑）又推出一个包括屠岸、鲍昌宝、张立群、王珂四篇宏论的"中生代研究"专辑。相比较之下，台湾诗坛对"中生代"的客观论述和个案研究都远不如内地。这部《两岸四地中生代诗选》的问世或许只是一个起点，期望今后对"中生代"的写作生态、特性分析、历史定位有较全面的论述与确认。

内地评论界曾有这样的看法："在近年以运动为主要特征的诗歌环境里，诗坛几乎沦为赤裸裸的名利场，诗歌的艺术之争常变味为'话语权'之争。诗人的代际变化太快，如同长江后浪推前浪，一代又一代诗人各领风骚三两天……"（王珂语）于是，有些社会责任感较强的"中生代"诗人面对如此恶化的诗坛生态，只有冷眼相对而抱持一种暂不作为的消极抗拒，其实是处在一种沉潜的、内视而深刻化的待势而起的积极状态中。王珂把他们的写作特性归类为"寂寞的个人写作""自我玩味的艺术写作""独善其身的人生反思写作""哲理追寻的神性写作"等。如从诗歌的内在精神和诗艺层次的角度看，以上四类的写作思路毋宁是正常的良性倾向，事实上，也正是台湾与港澳诗人长期以来写作"路线"的几个重要选项。

内地诗坛除了朦胧诗对诗歌的现代化具有启蒙作用外，二十世纪八十年代末期"第三代"的出现是一个异数，他们反英雄、反崇高、反泛道德，把诗坛的水搅浑了，却也不妨解释为"生机勃发"的另类现象。"第三代"诗人群落出场的方式通常只见群体，不见个人，评论界称之为"一种悖论性的存在"，不仅群体杂乱，缺乏共同信念，大多显示美学修养之不足，所谓"下半身派""垃圾派"只是其中之一二。谁是诗坛的主流？谁是主流中领袖群伦的大诗人？恐怕至今仍难有定论。

最近，沈泽宜教授在一本诗刊的"发刊词"中提到："从二十世纪八十年代后期至今的二十年间,当下的诗歌写作在如此长的时段内,片面向纯形式竞技倾斜,思想贫瘠,话语空转,与民众和知识分子的现实感受渐行渐远。诗歌开始在精神上萎靡不振。"这是十分典型的中国内地新批判现实主义者的呼声,是针对近年来内地诗坛极端异化、乱象纷呈的具有正面意义的一记警讯。不过,有一个概念必须澄清:诗歌读者的现实感受并非来自对现实世界表象的投射,吸引与感动读者的是具体而鲜活的意象世界,这种意象既起了调整现实的作用,也是一种饱含生命体验和人生感悟的载体,而真正感动读者的不是(或不仅是)由个人的或社会事件煽起的激情,而是诗性语言所衍生的艺术感染力。因此,我一直怀疑,那种唠叨不休、口水四喷的所谓"叙事诗",那种食之无味的冷叙述的散文,能称之为诗吗?谈到叙事诗的写实手法,使我想起简政珍在其《台湾现代诗美学》转述美国评论家、小说家浩韦尔斯(W.D.Howells)的一段话:"写实文学不仅要有伦理观(ethics),也要有美学观(aesthetics),不能进入美学殿堂的作品,不是文学的课题。反映人生的积极意义,不只是被动地报道事件,而是要让本身的书写成为美学事件。"不错,诗歌写作使其成为美学事件是绝对必要的。

    台湾诗坛自二十世纪八十年代之后,就在现代主义精神并未完全消退,后现代写作日益标新立异之际,"中生代"诗人群体已隐隐崛起,且发生了变化。对现实的鄙视,对政治的敏感,显然已成了他们主要的诗歌精神,其诗作大大发挥了参与意识和批判功能。不过,也有部分诗人有着不同的价值取向与美学旨趣,他们多为大学中文系毕业,自始即从民族瑰宝的古典诗歌中摄取传统美学的精髓,并转化为自己的创作力量,他们最大的特色即在语言的典雅。内地某些诗人对台湾诗歌的语言风格颇不适应,认为有"五四"的遗风,其实非也。"五四"文学对台湾现代文学写作的影响甚微。一九四九年后台湾知识分子对中华传统文化的传承远比中国内地深厚。内地诗人普遍都在毛语式和鲁迅文体之下长大,口语成为言说的主调,而台湾诗人在养成教育中即受到古典文学的熏陶,书写文体的文白交杂在所难免,其实口语与书面语的适当调配无疑是促使诗歌提升到纯净典雅之境界的重要因素。

在台湾，不论前辈或"中生代"诗人，他们的诗艺追求和风格演变，也大致上类似以上王珂教授的四大归类，他们可能认为这才是"常态"写作。他们写现实，而表现手法却不一定是写实的，现今台湾诗坛主流的《创世纪》《蓝星》《台湾诗学季刊》《当代诗学》等的诗人群落无不如此。"中生代"诗人们的创作在成熟后的稳定发展中已有了非凡的成就，简政珍的诗歌精神尤为突出，他有强烈的社会责任感和政治洁癖。直接介入政治，凛然批判政治的诗人也许不止简政珍一人，但简之尖锐以及反讽暗喻和意象之精准有力，无人能及。不过，如把他归类为"政治诗人"又未必准确。在较深刻的认知与定位上，他应是一位在知性深度、哲学厚度、生命意识强度等方面都较为凸显的诗人，可他也并未因此忽视语言的张力和意象的凝练。

总体而言，台湾与港澳"中生代"诗歌既有后现代的颠覆，也有新美学的建立，有本土根性的追溯，也有大民族传统人文精神的现代重塑，有标举现实生活深层意义的发掘，也有独树一帜的个人内心独白的倾诉，题材多元，风格多样，诗观各异其趣，唯有对诗歌美学的认知与追求却有着相当的一致性：即对诗意境界的深层次的探索，多变的形式实验和表现手法的推陈出新，特别着重于意象的经营，使常用的文字建构成一个现实生活中感受不到的语言空间，让其中充满想象、神秘、情趣、盎然生机以及崇高理想的向往。或许由于台湾与港澳民主降临较早，诗人心灵空间较为广阔，因此他们的诗歌生态一直得到自由而正常的发展。诗人不太讲究"写什么"——即对主题或所谓"主旋律"的抉择，什么都可以写，百无禁忌，他们讲究的是"如何写"，即对诗法与创意的不断探究，如何把一首诗营造成一个质量优良的艺术品，把散漫的语言塑成一首由叙述层次进入美学层次的诗。

今天，海峡两岸及港澳地区诗坛都面临着共同的文化困境与不利诗歌发展的大气候，实令人忧心不已。当年的政治威逼尚可遁为地下写作，而今这矫饰而虚夸的大众文化，论价格而不论价值的消费市场规律，已把重视精神内涵的精致文化逼至边缘地带，诗歌的日趋式微、备受冷落，已是不争的事实。但可喜的，且可予期待的是，"中生代"诗人并不气馁，仍积极于对生命尊严、心灵的纯净，以及诗艺境界的提升等的正面追求。尤其由于网络诗歌有着无限空间，他们的诗歌印刷品市场虽在消退，但他们的诗歌意识反而越发高昂，诗歌的创造力更见旺盛，诗歌的活动尤为频繁。他们以优雅而真实的语言，忠实地呈现自己的内心世界，他们可贵的质量与严肃的使命是：给这个麻痹的没有感觉的消费社会写出感觉，给这没有温情的冷酷现实写出温情，给这缺乏价值意识的荒凉人生写出价值意识，给这低俗丑陋的世界写出真实的美来。"以血写的诗歌才能给人以生命的温度与力度"（鲍昌宝语），这类似尼采的告白在今天仍是一种有力的呼声。

这个结合海峡两岸及港澳地区"中生代"诗歌选集的诞生另有一种副增价值，那就是对海峡两岸及港澳地区诗坛的沟通和不同美学倾向的相互理解与包容，必将大有裨益。早在二十世纪八十年代中期，笔者曾率先提出一个"建立大中国诗观"的宏观视角。这个主张乃企图整合中国新诗发展的历史书写、版图重构和对台湾与海外华文诗歌的重新定位。这篇文章不仅在阐述两岸五十年来各个发展的诗史，更在促醒当时（"文革"末期）内地诗歌的独立性格与现代化的启蒙意识，希望借理论与创作的交流、对话，以消除人为的狭隘的地域性与族群的意识形态阴影，使两岸的诗歌既能各自保留其精神和艺术风格的独立性，也能整合成一块完整的大中国诗歌版图。于今，趁海峡两岸及港澳地区"中生代"诗歌崛起之际，我当年的期许如能因这个选集的问世而得以实现，则这个选集的重要性与历史意义也就不言而喻了。

二〇〇九年六月于温哥华

## 西方的月亮
——《加拿大华人作家小说精选集》序

多伦多不仅是加拿大的政治与经济中心，且其优质的人文环境和高品位的文化氛围，在北美诸大都市中不但毫不逊色，而且更能辐射出多元文化特殊的魅力和瑰奇炫目的光彩。近十年来，由于华人留学生与移民的激增，多伦多华人的文化活动日趋频繁，尤其在加拿大中国笔会的精心策划、大力推动之下，华人作家的文学活动、交流和创作都已有了极其丰富而傲人的成果，这两部小说精选集就是最好的证明。

加拿大的华裔作家不少，但散居各地，难以构成一个颇具规模的文学气象，多伦多地区则不然，一批优秀的作家如孙博、李彦、张翎、冯湘湘、原志、余曦、诗恒、曾晓文、诗人川沙等，居然形成了"多伦多小说家群"，在海外华文文坛展现出一道璀璨夺目的文学风景。他们可能是海外华人继二十世纪七十年代旅美作家白先勇、于梨华等以后最具实力的作家，他们的小说也最能"原汁原味"地反映加拿大的移民生活，表现了中西文化的冲突和融合，而且可读性甚高，就小说的表现手法和语言层面而言，这些作品都已达到相当的成熟和高度。

《西方月亮——加拿大华人作家短篇小说精选集》《叛逆玫瑰——加拿大华人作家中篇小说精选集》这两部书，有它多视角、多方位的内容和题材，吴华教授在"前言"中对它的主题、风格与小说艺术做了系统性的分析与导读，最后的结论尤为精辟，比如她指出：

他们的作品以深厚的、本土的文化意蕴，对已是家园的异域做冷静的审视和体会，因而不再是中国文学在异域的简单重复和延伸，而是涵盖了故土文学文化传统、移民共同经验和个人漂泊经历诸多因素，融汇了体现中国意识的民族性、逾越地域时空的世界性以及表达个人品位的独特性。

我认为这段话不仅是针对这些作品做了一个深刻的观察，而且也概括地说明了小说艺术的特性：即个人风格的特殊性（particularity）与世界观的共通性（universality）二者的有机结合。

作为其中一本书名，我认为"西方月亮"这个名词有着微妙的象征含义，除了吴华教授在"前言"中所说的寓意外，我还另有所解，说是一种附会也无妨。对作者川沙而言，"西方月亮"只是一个令人发噱的暗喻，一个反讽，但从字面来看，我的解读却是正面的：在自然环保与人文素质的高度交融配合下，西方（外国）的月亮有时的确比国内某些地区看到的要明亮得多，所以这个书名也不无如此的暗示；华人作家在异域创造的作品，其文学价值与艺术品位自有其高度，绝不输于国内的水平。其实这一说破，反而失去了暗示的兴味，难免有画蛇添足之嫌。

在阅读《西方月亮》《叛逆玫瑰》诸小说的过程中，我渐渐发现并引申出两个也许为一般人忽视而本身却极为重要的命题：一是海外华人文学作品中悲剧精神的提升；一是中国文化在海外华人文学中产生何种影响？其重要性如何？这两个命题表面看似无关，而实际上有着内在的紧密的纠结，而且我认为，这两者的内化与相互掺和，是一个海外作家建立他独特美学的重要因素。经过长期的域外生活体验和思考，近年来我创建了一个"天涯美学"的概念，开始构思时也许多少有些专为诗人量身裁衣，但后来发现，它何尝不可适用于一般海外华人作家，而把它当作一种创作的思想基础和精神动力。

悲剧精神（或称悲剧意识）乃是"天涯美学"的主要内容之一，是个人悲剧经验与民族集体悲剧精神的结合。悲剧经验，人所难免，包括肉身生命的伤残与死亡、情感的挫败与失落、生活的困厄与匮乏、骨肉亲友的生离死别。

但对一个长年过着近乎流放生活的海外作家来说，更有一种难言的隐痛，一种极大的精神压力，这就是一种在人生坐标上找不到个人的定位而产生的孤独感，一种宇宙性的寂寞。当然，某些个性豁达者，兴许把这种孤独感美化为浪漫的游子情怀，孤独反而成了作家的精神营养。

以上所谓的悲剧经验，或轻松地说成一种愁苦，一种抑郁，一种悔憾，几乎都可以在《西方月亮》《叛逆玫瑰》这两个集子里找到。不过，我所谓的悲剧精神是超越这一切的，是一种形而上的哲思与宗教关怀，是透过各种文学形式说出这个世界的荒谬与虚妄。不管我们认同与否，"成、住、坏、空"始终都在人生舞台上不断上演，历时的也是共时的，我们只有默默地看着发生。老子说："天地不仁，以万物为刍狗。"上苍又何尝不也在默默地看着发生。

"存在"与"死亡"是现代文学两个最重要、最严肃的主题，庄子说："人生天地之间，若白驹之过隙，忽然而已……已化而生，又化而死，生物哀之，人类悲之。"（《知北游》）死亡，这一个体生命的终极有限性，迫使庄子不得不面对一个严峻的问题：生命意义与价值何在？文学的最高意义不就是对生命终极价值的探索吗？而一位严肃作家所追求的也就在以这种对生命终极价值的探索，来抗拒死亡的终极有限性。

在我的观念中，我的"天涯美学"中的"天涯"其实不只是指"海外"，也不仅指"世界"，它的含义不仅仅是空间的，也是时间的，更是精神上与心灵上的。一个作家身处异域，骤然割断了血缘母体和文化母体的脐带，如果只有移民的择地而居的寓公心态，缺乏一种大寂寞、大失落的飘零感受，他只能写出一般无关痛痒的泛泛之作，难怪某些关心海外华文文学的评论家与学者都有一种成见，认为海外华文文学创作颇有成就，但鲜有可以传之久远的伟大作品。这种评说是否属实，目前尚难判断，但海外华文作家不能不有这种追求的自我期许。不过，什么是"伟大"的作品？据我的浅见，伟大作品通常都具备两项因素：一是我在前面提到的悲剧精神，此处不再赘述（我们不要忘记，悲剧性正是《红楼梦》《金瓶梅》《水浒传》诸多古典名著中最重要的精神内涵）；一是宇宙境界：漂泊的孤独心境，可说是文学创作的另一项动力，它的优势乃在超越时空的限制。一个海外作家,尤其是流放作家,不论是被迫流放还是自我选择的流放,他们在大寂寞、大失落的困境中,反而更能充分体会到人与自然的和谐关系,深刻感悟到人在茫茫天地间自我的存在。人在天涯之外,心在六合之内,所谓"天人合一",这时已不再只是一个空洞的哲学概念了。

现在进一步探讨一下中国文化对海外华文文学所产生的作用与影响。

第二次世界大战期间,德国作家托马斯·曼流亡美国,有一次记者问他对于流亡生涯有何感想,他理直气壮地答道:"我托马斯·曼在哪里,德国就在哪里。"身为一位寄居异域而自称"二度流放"的诗人,我对托马斯·曼的豪语有着强烈的同感。临老去国,远走天涯,我虽割断了两岸的地缘和政治的过去,却割不断养我育我、塑造我的人格、淬炼我的精神与智慧、培养我的尊严的中国历史和文化。对我而言是这样,我深信对所有的华文作家而言无不如此,不论他立身何处,生活形式起了多大的变化,他如冀望写出质优的而又能传之久远的作品,必然要有一个庞大而深厚的文化传统在背后支撑着。

寄居海外的华文诗人或作家,都会面对一个深沉的困惑,这就是在当地不同民族的多元文化的交融与冲突中,如何找到自我的定位和中西文化的平衡点。文化是文学的土壤,海外华文文学的特性就是在这种复杂的、故园与新土、原民族性与当地本土性的交错、冲突与融汇中突显出来。所以说,语言媒介只是华文文学的外在形态,文化才是它更沉潜更深刻的精神内核。初来加拿大时,我个人时常有这样的感慨:由于文化身份的焦虑,我经常处在极度尴尬而又十分暧昧的时空中,唯一的好处是我能百分之百地掌握一个自由的心灵空间,而充实这心灵空间的,正是那在我血脉中流转不息的中国文化。

其实对一个漂泊海外的作家来说,初期的异国生活对他的创作绝对有益,新的人生经验,新的生活刺激,新的苦闷与挑战,都可使他的作品更加丰富多彩,表现出多层次的生命内涵。这个观察虽非放诸四海而皆准,但我们也不难从《西方月亮》《叛逆玫瑰》诸篇中找到相应的佐证。

民族精神与传统文化对一位海外作家的影响和重要性,已如前述,不过我们如从另一角度观察，也不难发现海外作家别有优势，这就是在放弃了政治身份而持续保有文化身份的情况下，他可以毫无疑虑地采取一种超越狭隘的民族主义的立场，如此才不致仄化自己的胸襟，僵化自己的思想。他再也不需要思想和精神领导，也不须跟着某个主旋律放歌、随着某种意识形态的指挥棒起舞。他可以发展更独立、更自由、更广阔、更多元的创作路向和风格，而把个人情感、世界眼光、宇宙胸怀凝聚为一股新的创作力量，使作品的实质内涵提升到一个新的高度——既具有反映现实的时代性，也有富于特殊情趣的民族性以及拥抱大我、高瞻远瞩的世界性。对一个作家来说，文学的民族性与世界性并不冲突，而且可以互补，因为世界性正是民族性的扩大与延伸。

二〇〇四年三月底于温哥华雪楼

# 管管诗集《荒芜之脸》序

据说那两个汉子一句也不说地在拼命地用烟草烧月亮，

据说一句不说就是说了好多。

——管管：《荒芜之脸》

打开大门一看，无人。第二次敲门，门不启自开，迎面撞来一副三岛由纪夫式的脸，上面戴着一顶法国红绒帽，他是管管。

在中国现代诗人中，管管是一异数，他有能耐开启别人的门，登堂入室，俯仰自如，但别人是否也握有一把开启管管之门的钥匙呢？纵然今天喜欢管管的读者日益增多，据说南部各学校正流行着"管管风"，但真正懂得管管，欣赏他那副荒芜之脸的人恐怕也只限于若干深具慧根的人。管管在他的一篇散文前面会引用善慧大师这么一首诗：

空手把锄头，步行骑水牛。

人在桥上过，桥流水不流。

试问：你懂得这首诗吗？不懂。不懂善慧你就休想懂管管。自然，善慧是善慧，管管是管管，二者并无宗教上的因缘，但如就人生境界与诗的风味而言，善慧大师与管管之间架有一座无形的梯子，善慧的诗"不可说"，管管的诗"没有名字"。

张默说：

他的诗有轻微的铺陈性

他的诗有超现实的异味

他的诗有歇斯底里的狂热

他的诗有半抽象的概念


辛郁说：

他可能是一片旷野，一阵烟云与一场骤雨的组合。


《七十年代诗选》小评中说：


在中国诗坛，以呼啸之姿，以快动作与夫荒野大镖客的粗犷，以一种满不在乎的醉态……他大吃大喝，他仰天作极凄厉之呼喊，这就是他。


这是管管之脸的三幅速写，也是走进管管心之内室，了解其人其诗的三把钥匙。在今天，只要我们不挑剔什么，不执着什么，做一个诗人确是一件很有趣的事，管管正是这么一个在本性上落拓不羁、了无挂碍，在兴趣上大来大往、生冷不忌的诗坛顽童。写诗，对他永远是一种燃烧、一种过瘾、一种精神上的自赎。他无伤地揶揄别人，也轻微地嘲弄自己，但他不是一个像刺猬一样孤独的绝对论者，他有一副荒芜而动人的脸，他的天地中自有其月明星稀、鸟语花香。他也不是一个"载道"的诗人，读者不可能在他的诗中找到哲学的意义，一个直觉的生命就是他的道、他的诗。他似乎从未写过诗论，甚至也从未把自己当作一只实验室的兔子来分析过，有之，就是那篇为《中国现代诗论选》收入的《梯子》。这是一篇形同散文诗而实际上颇含禅机，我会称之为"另一种论文"的诗论，现引其中数段如下。世上钥匙甚多，但欲开启管管之门的恐怕仍以他自己的那一把为宜：

5

话说明朝

有人说：

"我走遍了千山万水，但我就走不完我肚子里的千山万水！"

6

话说唐朝

有人问孙悟空：

"你阁下为什么能一蹦就是十万八千里？"

"那还不简单，我没有脐带！"

7

诗是什么？

好多大诗人都给诗起名字，起外号，起到最后诗还是诗。

也许诗的名字就叫"什么"。

一个没有名字的东西很难知道它的美丽，但也很容易知道它的美丽。

……

那个人"肚子里的山水"是无限的。

谁也不能说得准确。诗走入心灵靠张什么梯子？

不能说。

能说得画的非诗，非艺术，一定是这样！


　　法国文豪伏尔泰是一个很绝的人物，他自称为一个弄臣（jester），事实上他是一根刺，他使这个世界笑，也使这个世界痛。有一天在排演他的悲剧时，他对女主角大声叫着："一个人如果想在任何艺术上成功，他心中一定要有一两个魔。"管管说："我没有脐带！"因此，从他的诗中我们似乎很难发现中西文学思想与形式的任何影响，但他胸中却又隐藏着两个魔，一是"超现实"的魔，一是"禅"魔。

　　在精神风貌上，管管或可划归为我所谓的"广义超现实主义"诗人。"狭义超现实主义"诗人与"广义超现实主义"诗人不同之处，乃在前者执着于自动语言。自动语言出自潜意识，因缺乏艺术表现的认知过程，未能使心中朦胧的诗意象化而结果呈现的是一片混沌。后者则是一个在清醒状态下做梦的人，他清醒地掌握了自己的表现意图，虽然读者不一定都能捕捉到他意图之原型。管管正是这么一个诗人，他的诗是不讲理的，像一支魔笛，似乎越听越觉荒腔走板，不成调子，但你终将难以抗拒地随他而行，随着他那晦涩不过也清晰不过的声音走。例如《碑》中的第一句：

> 那时月亮正用双手将整个的海举起，而贴于头顶之上的天花板

为了了解管管，为了征服这句诗，或许我们不惜煞费苦心去推理、去分析，到中间去寻求他的表现意图。当我们的寻求一无所获时，我们便颓然放弃。但，就在放下诗集的顷刻，我们竟突然懂了，管管的诗，唯有在我们不再刻意去懂它时才会懂得。

管管诗语言的特色并不在那些"吾们""他妈的""报告排长"上，而是在于他把各种事物做非逻辑性的组合而能在其间产生一种新的美学关系上，这正是诗中禅机表达方法之一。管管并不像周梦蝶一样是一位信佛的居士，他与禅宗似乎亦无渊源，可是他诗中的禅味最浓，他的禅是文学之禅，无意之禅，不会追求而自得的禅，"此中有真意，欲辨已忘言"的禅，读他的《祖父与书》《青蛙》《秋歌》《荷》《飞》等诗，你会感到身上某种痒，但不知痒在何处。试看他的《荷》：

> "那里曾经是一湖一湖的泥土"
> "你是指这一池一池的荷花"
> "现在又是一间一间的沼泽了"
> "你是指这一池一池的楼房"
> "是一池一池的楼房吗？"

"不，却是一屋一屋的荷花了"

禅宗的机锋隽语，公案棒喝，便是这一类的答非所问，不知所云，但妙悟真趣即在其中。会有这么一种对话：

僧　问："如何是佛？"
雪峰答："寐语作么生？"
僧　问："如何是佛法大意？"
岩头答："小鱼吞大鱼。"
僧　问："如何是佛祖西来意？"
德山答："门外千竿竹，佛前一炷香。"

不在诗中刻意表现什么，结果表现了禅，表现了那种妙悟真趣，所以管管说：诗是一种"没有名字"的美丽。

如欲进一步欣赏管管的诗，我们不妨先试探着去了解管管的美学观点，他的表现方法，或者这么说，以他自己的美学观点为基础的表现方法论。前面已提过，管管诗语言的特色是把各种事物作非逻辑的组合而能在其间产生一种新的美学关系。因此，他在诗中经营的句法大多是"人在桥上过，桥流水不流"式的，不习惯他诗法的人也许认为他在故弄玄虚。"闻说有了战事，那么下一站，下一站是蛱蝶。"（《三朵红色的罂粟花》）这三句之间根本没有理性的关联，甚至也缺乏艾略特所谓的"情感逻辑"，似此自难免不目为怪诞。然而，我们发现，管管之把诗中的联想锁链扭断，是有他的深意在。这种深意，对他来说也许是不自觉的。

我们不知管管是否接受柏拉图乌托邦之说，但我们从他的作品中确乎知道他是不喜欢理念世界的。柏拉图把宇宙二分为本体界与现象界，他认为诗只能模仿现象界，不能模仿本体界，故贬抑诗的价值。可是诗人不信邪，偏偏从另一条路走进了宇宙的本体界。文学史证明,诗,不但具有永恒性,而且具有普遍性,不但能表现现象,而且能表现本体。唯有通过诗,我们才能了解人的价值,掌握到宇宙的最终真实(ultimate reality);从科学家分析的网中所漏掉的真理,往往可以在诗人直觉的眼中发现。

中国传统的人文思想是肯定人与宇宙之间的和谐关系,更有"我心即宇宙"的一元论,故中国古诗人都在对自然的纯粹感应中求得个人生命的定位与精神的寄托。陶潜、王维、孟浩然、谢灵运等都是这一类杰出的诗人。我们试看孟浩然的《宿建德江》:

移舟泊烟渚,日暮客愁新。

野旷天低树,江清月近人。

在这首诗中,看起来似乎前两句写我(客),后两句写自然,或如王国维所谓,前者是"有我之境",后者是"无我之境"。但就整体来欣赏,则我与自然融合,浑然一体,读后能使我们进入一个极高层次的精神境界。我认为,这种境界才是一种绝对的通过直感所获致的真知。

可是,在现代世界中,科学的探索对人类心灵、宇宙奥秘揭露得愈多,则直感致知的功能愈小。我们祖先所认识和信仰的宇宙,在今天似乎已不再是一个和谐的秩序,人与自然也日益疏离。因此,对一个现代诗人来说,他既不可能再去表现对自然的纯粹感应,而又不甘被困于现代世界的迷乱中,唯一解救之道就是自我超越,以个人经验为建材,在诗中创造一个新的理想世界。管管(以及大多数现代诗人)有意破坏实际的现象世界,也许他的目的就在于告诉读者:那种在他诗中重新组合的现象和经验才是宇宙的本体。

中西古典文学最重结构,唯独诗的结构往往因求得一种特殊效果而不惜违反文法,使得语言的关系位置倒置过来。这种情形在中国古诗中屡见不鲜,如李白的"客心洗流水,余响入霜钟",王维的"香畏风吹散,衣愁雾沾湿"。更有若干诗人因不愿重复或变奏前人的语法与意象而图另辟蹊径,他们所创造的新句法虽为中国儒家"温柔敦厚"的诗教观念所不容,但其中灵光闪烁,为中国文学提供了一种新的美。如李贺的"羲和敲日玻璃声,劫灰飞尽古今平"(《秦王饮酒》)"女娲炼石补天处,石破天惊逗秋雨"(《李凭箜篌引》)等诗句就极富象征意味,姑且不论这些诗句背后的命意为何,仅就意象的铸炼和语言本身的魅力而言,就足以使我们尝味到一份无尽的情趣。

由于中国文学的发展一直受制于儒家的传统文学观念,勇于革新和创造的诗人无不遭受歧视而被讥为"奇僻怪诞,诘屈聱牙",黄山谷即为一例。魏泰批评他说:"黄坚庭所作诗,好用南朝人语,专求古人未使之一二奇字,缀葺成诗,自以为工,其实所见之僻也,故句虽新奇而气乏浑厚。"(《临汉隐居诗话》)如以现代美学眼光来看,黄山谷的句法虽称诡奇多变,但正因为他不甘落人窠臼,把一般诗人用惯了的语型做了新的安排,他的诗才有了新的生机。现引数句如下:

寒虫催织月筅秋,独雁叫群水拍天。(《听宋宗儒摘阮歌》)
渴雨巴蕉心不展,未春阳柳眼光青。(《寄黄从善》)
座中云气侵人湿,砌下泉声逼酒寒。(《李大夫招饮》)
心犹未死杯中物,春不能朱镜里颜。(《寄王文通》)
眼中故旧青常在,鬓上光阴绿不回。(《请虚》)

读过黄山谷回过头再来欣赏管管,二人语法的新奇独特,堪称古今双绝。有时,我们会感到管管的诗偶有散文化的倾向,语句不够精练,但他那不平凡的安排正好挽救了这个危机。比如那首悼杨唤诗《三朵红色的罂粟花》的起句,"闻说有了战争,那么下一站,下一站是蛱蝶。"如他改写为:

闻说有了战事,那么下一站,下一站是坟墓
或
闻说有了战事,那么下一站,下一站是死亡

虽然在情感上仍是诗的,语法上却是散文的。表现诗的最高手法是象征和暗示,而非直指。表面上"下一站是蛱蝶"与"战事"毫无逻辑上的关系,但"蛱蝶"在这里不是诗眼,不仅暗示了"坟墓"与"死亡",且点出了整首诗题旨之所在。对于一个了解"蝴蝶"在中国古典文学中的暗示意义的读者来说,他当更能深切体悟到这句诗的妙处。

西洋新古典主义者最不能容忍的是在诗中表现个别的独特经验,反之,中国诗中的普遍价值却都是通过个别经验得以表现。一个创造性的诗人往往在作品中给出一些从未为读者经验过的感受,但问题是,读者既未经验过,又如何能使他在一个完全陌生的世界中得以感通?如何激起所谓"心灵的共鸣"?关于这一问题,我们可从两方面来分析:一方面,人都具有一种共通的感觉,盐是咸的,糖是甜的,甜的或咸的这种感觉只是一个概念,谁也无法以方程式、意象或物质媒介表现出来,但每个人都会体验过这种共通的感觉,也都能在意识中唤起这种概念;另一方面,人也有一种个别的感觉,这种感觉源自人的直觉,是人类借以了解事物本质的另一项本能,而且这种感觉可以具体的意象表现出来。例如"蓝田日暖玉生烟"这句诗,玉能生烟,这纯然是李商隐的一种个别的特殊感觉。有时,这种感觉也借一种特殊的情境来表现。痖弦对盐的感觉,已从概念的"咸"提升到盐的价值层面上来(盐是生命之泉),而"……二嬷嬷的盲瞳里一束藻草也没有过。她只叫着一句话,盐呀,盐呀,给我一把盐呀! 天使们嬉笑着把雪摇给她。"(见痖弦的《盐》第二节)这些个别的,读者未曾经验过的情境,正是一种较"直陈其事"更能收到"曲尽其妙"的表现效果。换言之,痖弦所写的盐已由个别的盐推广加深而成为生命所渴望的泉源这么一种概念,唯因这首《盐》中的经验与感觉是个别的、特殊的,所以它才能更贴切、更精确地表达出一种普遍价值,这也正是我所说的"以有限暗示无限"。

管管,亦如其他许多中国现代诗人,是最懂得如何运用暗示手法,透过个别而特殊的经验与感觉以达成表现概念的目的。例如《弟弟之国》:

陀螺的脸被一鞭一鞭地抽着，漂泊，漂泊，像一笔一笔的颜真卿，你是只断了线的风筝，漂泊，漂泊，漂泊着那么一种乡愁。

显然，以上这节诗在句法上是散文的，而且是相当白的语体文，在意象结构上，"陀螺的脸""一笔一笔的颜真卿""断了线的风筝""一种乡愁"都是一些平凡而互不相关的事物，也是作者个别的经验。这些事物由诗人的情感之线串起来之后，则诗人个别的经验立刻过渡为普遍性的概念，使读者油然兴起一种亘古常存而又难以排遣的人生乡愁。

在二十世纪七十年代的中国现代诗人群中，管管绝不是一朵玫瑰，而是一棵重要而独特的树：

自东方的
铜色的肌肤上
升起

## 冰河下的暖流
### ——辛郁诗集《豹》小论

　　辛郁有一副冷凝的面孔，故诗坛好友向以"冷公"称之。其实，辛郁面冷而心热，亦如他的诗，冷的是他的语言，热的是他潜在生命的燃烧，他的诗堪称为冰河下的暖流。

　　我所谓暖流，并不限于"温暖"如此正面而简单的含义，有时它也会掺杂其他更为复杂的情愫，诸如激奋、愤怒、孤绝、悲悯，甚至出之以犬儒精神的讥讽。由于这些情愫都已凝聚在冷冽的意象之内，故诗人燃烧的生命和沸腾的情感往往会转化为一种惊心动魄的悲壮美；升华为一种对人类整体生存的思考。二十世纪五十年代的诗人大多是如此，辛郁更是如此。

　　如要对辛郁的精神内蕴和诗风做一整体性的探索，我们不妨以历史的眼光先来回顾一下五十年代由内地来台那群现代诗人当时所面对的时空背景。这点，我在《关于〈石室之死亡〉》一文中曾有过如下的评述：

　　当时的现实环境极其恶劣，精神之苦闷，难以言宣，一则因个人在战乱中被迫远离大陆母体，以一种漂萍的心情去面对一个陌生的环境，因而内心不时涌现出强烈的放逐感，再则由于当时海峡两岸的政局不稳，个人与国家的前景不明，致由大陆来台的诗人普遍呈现游移不定、焦虑不安的精神状态，于是探索内心苦闷之源，寻找精神压力的纾解，希望通过创作来建立存在的信心，便成为大多数诗人的创作动力。

因此，即使在以后的十年内，包括辛郁在内的这群诗人，他们最易辨识的风格就是对"自我"的审视和彰显，而"自我"的形象通常都是头戴荆冠、满脸伤痕、进退之间如一对阵的螳螂，剑拔弩张如一敏感的刺猬，时而在暗室抱着自己的影子哭泣，时而又孤立旷野，迎风悲歌。辛郁就这么哀唱过：

树生殖树而树不是人
哦人哦人是一条草绳那样的东西

——《流浪者之歌》

泅泳着，我试以多血筋的手
抓住岸，试以脚
猛蹴无底的河床
而我抓住的
却是历史苍老的回响
斑斑血痕中
我蹴及一方愚昧的
顽石

——《同温层：自己篇》

显然，诗中的"我"，并不比艾略特笔下"空洞的人"（The Hollow Man）活得更充实、更快乐；诗人并没有通过创作而建立起存在的信心。当时批评现代诗的人，动辄以深受西方现代主义或存在主义的流毒而苛责诗人，殊不知现代主义或存在主义兴起的主要因素正是战乱，以及战乱后遗的文化崩溃与精神失调，于是诗人内心久藏的悲歌便很自然地受其诱发而哀哀唱了起来。诗中的"自我"形象，绝非穴居时代孤立的人的形象，诗人的悲歌必须置于它产生的特定的现实中去评估。正确地说，他们的诗唯有视为民族的和时代的悲剧的象征，才能使他们取得一个公平的历史定位。

对于"自我"形象的塑造以及对"自我"的省思,辛郁可能较其他诗人更为突出,他追求的不只是彰显"自我",更是超越"自我"。他曾说:

我一直认为文学艺术之可贵,在于作家锲而不舍地对自己生命的发掘,而达至自我生命的升华。

——《关于文学艺术的我见》

记得尼采、纪德及其他许多作家都说过这样的话,而辛郁之在诗中彰显"自我",似乎较同时代的某些诗人更有理由。诗中的"我"多半是梦境中的我或由潜意识中挣扎而出的我,这种内在的"我"可以弥补和救赎现实中残缺的、不安全的,甚或绝望的我。这种"我"有其反叛性,但也可促使内外两个我的均衡。辛郁在生命和人格正在成长的年龄(十四岁)即逢战乱而投身军旅,自此即扮演一个无足轻重的角色,经历一个被现实扭曲的人生,而本性善良的"自我"受到冷酷环境长期的压抑,日渐萎缩。从事以杀戮为业的军职显非他本性所愿:

犹未出鞘的一柄剑
陌生于掠杀
也不嗜血

如鼓的阴面
生命的轻啸,陷在
自己的内里

——《自己的写照》

然而,他本能的昂扬的意志力一直在催逼他:"必须力争上游",必须在充满荆棘的成长过程中,建立一个较为完美的人生。从下面的诗句中看来,他似乎并未如愿。

> 泅泳向前
> 在鼓声中我奋力拼争
> 顷刻间，肉裂肢断
> 骨折血崩
> 又一次仪式黯然完成

辛郁表达"自我"这一主题的诗为数不少，且都有其独特的风格。最早的也是悲剧性最强的，是写于一九六二年的《青色平原上的一个人》，其次是写于一九六六年曾作深刻自剖的自传体诗《同温层》（此诗复于一九八〇年改写）。当然，一九七五年至一九七六年间写的《演出的我》，不仅是辛郁的自我生命发展史，也是他家族的精神族谱，而《流浪者之歌》《原野哦！》《自己的写照》《石头人语》《我是谁》《垂死的天鹅》《战争印象》《体内的碑石》《红尘》等，无不含有以直接表达或间接观照的方式所处理的"自我"主题。有时他也假道于花草，托心于树叶，寄情于土壤，借由自然物体以表现更为真实而质朴的"自我"，尤其像《土壤的歌》《树叶的歌》这类诗，表现的不只是单一的主观的"自我"，而是将"我"融入自然万物之中，以达到物我同一的境界。这种泯灭了我与物，也泯灭了形而上和形而下的界域的表现，本质上已接近宗教。

也许有人认为，诗中过于彰显"自我"，将使诗的内容窄化，使诗的生命偏枯。其实不然，事实上所有的抒情诗无不以主观的"我"为基点；诗人一生所追求的就是发掘和表现那个未为世俗所扭曲、未为红尘所污染的"真我"，而"真我"又必须经由诗人本身的内省和对外界的观照双重功夫，才能寻获。有真我才有真实的创作，也才能进而把热情与关怀投射到国家、社会、历史和文化上去。同时，我更认为，透过诗的转化过程，"真我"可以有以重创的内心世界来调整与平衡外在客观世界的功能，这也正是文学中所谓理想主义所追求的目标。关于表现"自我"这一点，辛郁也有所解说：

　　我们不能说作家自我生命的升华是完全妄显一切的自私行为，应追索的是，一个作家在创作前的心理准备中是否受到事象物态的影响与支配，如果是，那么作家的自我实已紧紧联系着群体。

# 苏绍连散文诗中的惊心效果

## ——泛谈苏绍连散文诗集《惊心》

　　苏绍连跨进诗坛不久，即以一系列的"惊心"散文诗眩人耳目，震惊一时，但最早抓住我注视焦点的，是他在一九七五年发表于《创世纪》诗刊三十九期上的《惊心三首》。当时，我身为《创世纪》的总编辑，在选稿方面特别重视年轻一代的创作潜力，故发现苏绍连就形同发现一座新的矿藏，对他期望之殷切，不可言喻。其后，他果然获得了"创世纪二十周年纪念诗创作奖"，我拟的评语是："苏绍连的出现，意味着中国诗坛一种新的可能，他运用多变的意象和戏剧性的张力，为现代人绘出一颗受伤的灵魂。"

　　苏绍连近十年在语言风格的演化和题材的取向上已有极大的改变，他对诗的探索也进入了另一个层次，呈现出一个新的风貌，但无论如何，他十年前的"惊心"诸作仍是他创作历程中展现才华，塑造个人风格的一块重要里程碑。

　　"惊心"散文诗发表之初，即有评论开始追踪，批评者与敏锐诗心之间相互撞击的回响，时有所闻。一九七八年九月间，由我主持的一次"谈诗小叙"中，即以苏绍连的散文诗《瓶》作为讨论评析的对象，出席的十余位诗人都是诗坛的名家。由于《瓶》这首诗并非苏绍连"惊心"系列中最好、最具代表性的作品，故在评价上褒贬互见，但认为苏绍连是当时年轻一代中最富潜力的杰出诗人，则为一致的共识。记得我的即席发言中有如此一段概括性的评语：

从开始我即认为苏绍连是一位潜力深厚的年轻诗人，主要是因为他对生命和周遭的事物具有强烈的敏感。他的作品不但富于悲剧性，而且他透过诗向世界的发言，具有极为尖锐的批判性。苏绍连不是一位象牙之塔中只讲心灵的抒情诗人，而是一位富于知性的现代诗人。

现在重读"惊心"这一系列作品，我发现以上的评语只是点到为止的泛泛之谈，实有进一步探索剖析的必要。

诗之所以迷人，主要在它能为读者提供一份惊喜，不论是动之以情，还是曲尽其意，其效果都是愉悦的，读后的感受通常是呼吸顺畅，身心平和，终能获致灵智的提升，但读苏绍连的"惊心"诸作，其效果正好相反，不但不是愉悦的，反而给人一种惊愕、惊骇、惊悚之感。我认为，这乃是诗人的一种非常手段，借以达成一项非常目的，亦如参禅的棒喝，在惊愕、惊骇和惊悚之际，读者会从日常而庸俗的现实中豁然清醒，体验到一些全新的经验，获得一些深刻的启示："啊！我们的生命和周遭的事物原来是这种样子！"苏绍连在这些诗中企图表现的既不是动人的温情，也不是空灵的境界或高妙的诗思，而是生命中冷酷的负面经验以及常人忽略了的事物真性，所以我认为他是一位知性诗人。

"惊心"诸作的主题，大多都在表现一种自我审视和内在观照的辩证过程，他所采取的方式大致有二：一是变形，一是物我交感。前者颇像卡夫卡的手法，例如《萤火虫》《兽》《壁灯》等诗，都是通过变形而后得以认清自我的本来面目，并进而达成存在的自觉，这一点颇能符合萨特的存在主义哲学。《兽》一诗尤其能表达此一理念：

我在暗绿的黑板上写了一个字"兽"，加上注音"ㄕㄡ"，转身面向全班的小学生，开始教这个字。教了一整个上午，费尽心血，他们仍然不懂，只是一直瞪着我，我苦恼极了。背后的黑板是暗绿色的丛林，白白的粉笔字"兽"蹲伏在黑板上，向我咆哮，我拿起板擦，欲将它擦掉，它却奔入丛林里，我追进去，四处奔寻，一直到白白的粉笔屑落满了讲台上。

我从黑板里奔出来，站在讲台上，衣服被兽爪撕破，指甲里有血迹，耳朵里有虫声，低头一看，令我不能置信，我竟变成四只脚而全身生毛的脊椎动物，我吼着："这就是兽！这就是兽！"小学生们都吓哭了。

根据分析心理学的潜意识论，人的属性为神、人、兽三者的分配组合，神性多成于后天长期艰苦的修持，比例极微，绝大多数人的行为都是人性与兽性的交叉显现，于是便有孟子与荀子性善、性恶之辨。小学生天真无邪，兽性尚不存在，或虽存在却潜伏未彰，故不懂得什么叫兽，身为人师的诗人最后只好以一种超现实的聊斋式的叙事手法，将自己"变成四只脚而全身生毛的脊椎动物"作为举证。这种变形的过程不仅辩证了人本质上的复杂性，更暗示了人性堕落、兽性扬升的悲哀。至于这首诗的惊心效果，则完全有赖前后两节事件发展中戏剧张力逐渐增强的结构，也唯有通过这种结构，读者惊骇之际，便在无形中接受了诗中的暗示。这也正是诗与散文不同之处。

变形的过程中首先必须形成自我的分裂，而后使本然的我与另一个内在观照的我进行对话，以至相互纠缠、对抗、融合。除了《兽》之外，《梯子》《混血儿》《复印机》《蜂巢》等都是例证。有时，自我也会化装为另一形象出现，如《爆炸》一诗中的"血"和"泪"，《脓疱》一诗也是如此，都在说明诗人处理生命中深层悲哀的心理过程。

至于《陷失的躯体》，却与前述的变形方式略有不同，这首诗主要在辩证两性敌体之间的对立，彼此消失而又相互融入，以至另一生命和精神的诞生。两性的躯体由对立而至"你的脚陷入我的脚里，你的手陷入我的手里，你的脸陷入我的脸里，你的躯体陷入我的躯体里"。这种你中有我、我中有你的浪漫模式的海誓山盟，显然有着强烈的"性"暗示，但两性辩证的"合"，乃是"一个裸身的小孩，从我们的躯体里爬出来"，这更是一项庄严的揭示，点出了有与无、生与死、分裂与重组的循环不已的宇宙法则。

"惊心"诸作表现主题的另一方式是"物我交感"，其作用在强调"我"

与"物"的关系的换位，并表达二者关系调整后所生的新意。最能说明这种方式的有《削梨》《心震》《七尺布》《啼》等。比如《削梨》，其中我与梨的对峙关系，即因刀子的介入而达成二者位置调整后的交感；梨与我的左手、我的拳头合而为一，梨的伤害也正是我的伤害。此一"物我交感"方式，与我在《石室之死亡》第一首中处理"我"与"一株被锯断的苦梨"的方式如出一辙，我无意在此指出苏绍连采用这种方式是受我的影响，却能说明诗人之间对事物本质的认知，以及表达认知的方式具有相同倾向的可能。

我们再来剖析《七尺布》这首诗。这首诗由于表现上的完整，极具惊心效果，甚获诗坛好评：

母亲只买了七尺布，我悔恨得很，为什么不敢自己去买。我说："妈，七尺是不够的，要八尺才够做。"母亲说："以前做七尺都够，难道你长高了吗？"我一句话也不回答，使母亲自觉地矮了下去。

母亲仍按照旧尺码在布上画了一个我，然后用剪刀慢慢地剪，我慢慢地哭，啊！把我剪破，把我剪开，再用针线缝我，补我……使我成人。

苏绍连在这首诗中采用的手法极为单纯，意象语减至最少限度，第一节即以散文形式叙述母亲与儿子的对话，既未采用内在观照方式，也就无戏剧效果可言。可是到了第二节，当"我"与"母亲"的关系转换为"我"与"布"的关系时，其效果就摄人心魄了。经由"剪破"和"再用针线缝我，补我"，以至于"使我成人"的动作，"我"与"布"的关系便开始由对立而融合一体，一方面影射一份深厚潜在的母爱，一方面也暗示"生命是在痛苦中成长的"这一主题，因而使得这首诗貌似单纯，而实丰富。

以上两首诗的惊心效果，不仅产生于它的戏剧结构，同时也归功于超现实手法的运用。我所谓的"超现实手法"，是暗合中国传统诗学的；不论李商隐的"无理而妙"，或苏东坡的"反常合道"，或司空图的"超以象外，得其环中"，或严羽的"羚羊挂角，无迹可寻"，都在追求诗中那种既超乎现实形象之外，而又在我们情理之中的艺术效果，前文所谓的"变形"和"物我交感"两种方式，也无非旨在达成此一艺术效果。又姜白石诗说有言："诗有四种高妙，一曰理高妙，二曰意高妙，三曰想高妙，四曰自然高妙。"所谓"理高妙"，即"碍而实通"，表面看似矛盾，窒碍难通，却表现出事物内在的真实。所谓"意高妙"，即"出自意外"，诗人独具机心，道人之未道，使读者对人生获致超乎常识的认知和理解。这两种高妙都曾借由超现实手法的巧妙运用，一再在"惊心"诸作中出现。例如《兽》中即有如此惊人的描述："背后的黑板是暗绿色的丛林，白白的粉笔字'兽'蹲伏在黑板上，向我咆哮，我拿起板擦欲将它擦掉，它却奔入丛林里，我追进去，四处奔寻。"这种事件看似荒诞不经，形同神话，实则其作用乃在为第二节的变形暗示——暗示人性深层结构的复杂性和可疑虑性——做准备工作。

就结构而言，"惊心"诸作似乎都是建立在形式逻辑的基础上，给人一种推理的假象，实际上却是超逻辑的，甚至是反逻辑的，可以说语言的分析性并不存在，然而我们依然能从诗中看到一个统一的有机体，因而感受到惊心的效果，我认为这是由于诗中含有一种内在的律动，一种丰沛而强悍的生命力，而此种生命力，正如我前面的分析，是由自我与另一自我，或自我与外在世界的矛盾对立，相互冲突而生，于是无奈、伤痛、孤绝、虚无等诸感交杂，浓化了诗中的宿命悲情。

在语言处理上，这个集子中也有若干失败之作，问题在于把语言当作神秘的信号或个人思想的密码，以取代可以产生共感的意象。这些信息密码构成了一片复杂的电波或光谱，如出现在抒情小品中，或可产生虽然神秘，但可感受的蛊惑力，可是在知性较强如"惊心"这样的散文诗中，如果意象闪烁，又缺乏叙事焦点，语意势必难以掌握，诸如《胡子》《走马灯》《山水画》《瓶》等作品就是如此。

就我个人的理解，所谓"惊心"，实有双重含义，一是诗人欲表达的内在的惊心，一是读者可感受到的惊心。诗人与读者在感通上本有互动关系，如能做有效的表达,诗人的惊心必能牵引读者的惊心,但有时又不尽然,这是因为诗人发射信号的频率未能与读者接收的频率趋于一致,故造成双方沟通的困难。这种障碍的产生有时归因诗人表达能力之不足,但更多的情况是由于诗人为了建立个人的独特风格而有意强调他的特殊经验和个人语法,一般读者却只凭借普遍经验和约定成俗的语法去读诗,去求取共感共识。这种矛盾不但存在于读者与苏绍连的作品之间,也存在于读者与许多奉为经典的现代诗之间。

# 从儒侠精神到超越境界

## ——序沈志方诗集《书房夜戏》

　　如果说沈志方是诗坛一颗新发现的彗星，这与他的诗龄颇不相称。沈志方究竟何时跨入缪斯的神殿？资料上固然无可稽考，即使从他早期作品的风格上也很难看出端倪，因为自我初次读到他的诗作时，即有一种"典雅达炼，出手不凡"的印象。根据臆测，他的诗龄当在十年以上，但他在权威性的诗刊上正式而密集地发表作品，且诗艺日益精进，逐渐形成个人风格而广受诗坛注视，则是近五年的事。

　　沈志方的"典雅达炼"，可能与他中文系研究所出身，长年浸淫在古典文学中这一背景有关，而他的"出手不凡"，则多半归功于他在大学讲授现代诗时，熟读精研名家作品而深得诗艺三昧。然而，他的诗艺得以精进，不断有所突破，仍有赖于他丰沛的才情和卓然不群的气质。

　　一般诗人从古典诗词中有意承袭或无意中感染的，通常是一种浪漫的抒情模式，包括李白的侠气、王维的超逸、李商隐的婉丽、苏东坡的豪放。沈志方也不例外，且能在作品中有机性地掺和融会各家的特征，再加上他对现实的敏感，运用反讽手法所表现的批判精神，以至形成他那既具古典之美，兼富现代知性的特殊风格。身为一位现代诗人，沈志方从未表示"反传统"，也就从不扬言"回归传统"，实际上他一直在传统之中，又时时逸出传统之外，他是以内在的"我"作为平衡点来调适这两者之间的矛盾与冲突。就这点而言，他的实验毋宁是成功的，但问题在于他传承古典时附带引发的语言定型危机。艺术的创造，一方面要遵循传统所重视的内在有机秩序，另一方面为了追求艺术的原创性和偶发性，又不惜打破外在的机械结构。约定俗成的规律不能完全背离，但在诗中偶尔创设"陌生感"或"反熟悉"（defamiliarisation）的语言，比运用典丽的熟极而流的语言，更能掌握诗的本质。今后语言的突破，将是沈志方在整个诗创作进程中的一项重要因素。

沈志方风格的另一特性，乃表现在李白的侠气配合知识分子的儒家素养所形成的一种儒侠精神。儒性温和理性，追求人格的内敛，侠性刚烈浪漫，着重生命力的外烁，集二者于一身，必然能烘托出一种具有魅力的艺术气质。沈志方在这方面可谓已得先天与后天之幸，最明显的例子是他早期的《最后的野宿》，而在日后的《明日之怒》《退伍心情》《伤痕》《夜读棋谱》等诸作中，也都有类似的回响，使儒侠精神表现得更为深刻。

《最后的野宿》是一首类似二十世纪七十年代末期流行于"神州诗社"成员间的武侠诗，但其气氛之佳，节奏之跌宕有致，绝不输于当年温瑞安的《将军令》，而且诗中的意蕴可能有多层次的指涉。就抒情诗而言，所谓意义，往往出现于读者与诗中世界相遇的顷刻，读者跟踪语言符号或暗喻去追索的意义，却大多留在空白之中，因此读这首诗的最佳方式，宜从感觉它的气氛，进而解读其中的意象入手。

儒侠精神发展到《明日之怒》时，已由个人的快意恩仇转化为历史的忧伤和大我的悲愤，而其气势仍有李白"壮士愤，雄风生，安得倚天剑，跨海斩长鲸"（《临江王节士歌》）的昂扬壮烈。

这中间的儒侠精神已被逼近的现实（眺望中的内地）所掩蔽、所融化，而变成一种泛历史情怀。历史永远是促使诗发酵的一项重要因素。诗中的历史当然不是以概念存在，而是以象征，比如《伤痕》一诗中最后的"辫子"，就是历史中甩不掉的屈辱与伤痛的暗喻。在沈志方的诗中，儒侠精神有时会淡化为一种儒侠心态，而以另一面貌出现，那就是消极抵抗。李白就是如此，当儒侠理想落空之后，便遁入诗酒，遁入仙道世界。在《夜读棋谱》中，沈志方的豪情已减，悲愤已淡，代替的是面对历史的苍凉感，面对现实的无助和无奈，他只好在"兵临城下时饮一小杯高粱／含恨上床"。可是梦中仍有现实的盗寇和盘踞体内的心贼交相侵袭,现实如梦,梦中仍是现实,世事不仅如棋,而且似真疑幻,纠缠不清,其中颇多歧义,构成这首诗多层次的意蕴与暗示。

沈志方毕竟不是"飞扬跋扈为谁雄"的李青莲,也不是漫唱"归去来兮"、息隐东篱的陶渊明,他的侠义心态只是青春期古典与浪漫情怀的一次协奏。人入中年,现实咄咄逼人。诗乃出之于现实生活,但诗不是现实的本相,而是投影,是折射,是超越现实本相的真实存在。沈志方有许多诗即是从现实生活素材中提炼出来的,范围涉及亲情、友谊、读书、建筑、家居琐事、初为人夫与人父的感受、对大我世界的关怀与批判等,其中以写个人小宇宙的若干作品最能显示出艺术的凝聚力、感染力,以及诗人操作语言的功力,例如《寻访四帖》,在渗有古典情趣的幽居生活中,表现了一种悠然的恬静之美,轻曼的节奏中流动着温馨而和谐的韵律,其中第二帖《画》,尤其能以绝句笔法勾勒出一组自身具足的意象,在有限之言中蕴含着无穷的情趣。

一粒松果不知何时落了下来
如古印般停在落款的地方
你在里面

这里有双重妙处:一是以"古印"作为"松果"的换喻,但实际上是写古印,诗人却出之以虚拟语气,增强了诗的婉转曲折;一是偶然出现的"你在里面",犹之天外飞鸿,看似突兀,却能立生惊喜效果。《陶壶篇》写的则是另一生活层面,语言风格乍然一变,其中透过谐拟与调侃的句式如"以后请,多,多,指,教","水壶传"等,使全篇洋溢着温馨而深厚的友情,人味十足。这与某些"后现代"的作品大异其趣;后现代艺术是社会异化中出现的一头怪兽,虽很新潮,却无人味。

在沈志方取材于生活的诗中,我认为《不敢入睡的原因》是一首极富理趣、非常突出的作品。

这首诗缘起于一时的巧思玄想,但这既非形而上的遐思,也不是科幻式的奇想,而是一种我们随时经验到却不易察觉的永恒宇宙秩序的论证。这首诗有两大玄机:其一,在意念的转换和情境的变化上有着极大的反差,由习焉不察的地球自转这一天体常态,使人骤然惊觉到生命面临一种前所未有、天翻地覆的变局和"地球和床和我将立刻向无底的宇宙坠落"的毁灭危机,而此一杞人之忧又以反高潮手法极其戏剧化地转为对现实的反讽。大宇宙、小宇宙、玄想、现实,都像钢珠般在诗人的掌心中溜转自如,但情景的变化又暗示出宇宙大化中不落言诠的庄严性。其二,这首诗的架构虽是建立在形式逻辑的推论上,但诗的进行却不是僵化的机械关系的运作,而是从"有理"中表现出"无理"的妙趣;这种妙趣并非来自直觉的心灵感应,而是来自合理的推论。诗是一种发现,诗的创造性即在于从旧的经验中找出事物之间的新关系,因而方能给读者提供一份惊喜,一次超物理的感悟。《不》诗在表现上的突破,正是现代主义后期创作实验(非指后现代)的典型之作,值得诗坛重视。

诗创作的突破,主要在境界的提升。诗人境界的提升过程,通常是由浪漫情怀过渡到现实的认同和自我与现实的冲突,最后才进入哲学的超越境界。沈志方的创作历程虽尚在中途跋涉,但他的若干作品已显现了这样的轨迹,《建筑与诗》这一组诗正是他已跨向超越的预示。

超越之境并非人人可达,除了个人的悟性之外,更需历经一番惊疑的过程。由于成长环境所限,沈志方未曾有过大风大浪的生活经验,也就少有波涛壮阔的作品。他的诗大多表现对人生现实的深沉感受和冷静观照,看似平静,却也不时有蓦然回首的惊疑。在《中年心情》一诗中,他以极其冷静的态度剖析着自我,看见"我"从"一条生活的狭路曲折走来",并"逐渐同意/各种人性风险,利润/与自己的懦弱",今日的"我"与昔日的"我"突然狭路相逢,又交错而过,再回头时就只有李商隐的"只是当时已惘然"的感叹了。到了他写《茶壶奥义》时,似乎对伤逝引发的惊疑有了更深刻的体悟。饮茶者的俯仰之间,数十寒暑顷刻即逝,即使是一把能容纳天地的小小茶壶,它"还能诠释什么呢？"这种惊疑心理表现得最直接的要算《给时间》一诗了。以上两首诗都是写时间的驱逼感，但《给时间》则凸显一种历经红尘幻境，走过风花雪月的现实浮影之后，怵然而惊，一惊而醒的开悟过程。第二节的"白发"意象作为伤逝的象征虽不新鲜，但"裂肤而出"却顿时增强了死亡逼近的惊惧感。

通过生命中的重重惊疑，沈志方又是如何跨入超越之境的呢？他有关建筑的五首组诗或可提供解答。我一贯的体认是：诗人如要达到超然物外之境，最紧要的是他首先须将自我融于万物之中，这是心的归属，而不只是情的移置。这一点沈志方显然已有了初步的突破，因为这组诗是自我与自然的对话、交融，只不过诗人把自然移进了房子，由于房子已与自然融为一体，自我便突破了人为的樊笼，与自然契合同一。

这五首诗是五种象征，分别代表五种不同的境界。

"童话扶梯"象征一个初入尘世、天真质朴的浑然世界，是人与自然的最初和谐；"泪滴实验"乃是经由泪光的鉴照，反思人生旅程中的"挫折""成功""微笑"等各种正负两面的经验，而后逐渐趋向"心的本质更为纯粹""理想滑行／奔驰得更完美"的初悟阶段；"隐形花房"暗示的是：进入超越境界之前必须摆脱名缰利锁的世俗纠缠，在"密不通风"的心中盖一间既能免疫于外在污染，又可"在此沉潜凝视自己"，使心灵有所安顿的温室。温室当然不是自我隔绝或自我囚禁的象征，因为这间花房是盖在心的正中央，可以享受"丽日和风"的照顾，"聆听花朵开谢的声音"，我仍在自然之中。尽管世事多变，现实冷酷，诗人的期许是："如何在不同的影子里纠葛变化，而我不变"。以内在的"不变"应外在的"万变"，这不是逃避，而是坚强自信的表现。

《建筑与诗》这组诗发展到最后两首《禅的对话》和《大宗师》才真正开放了智慧之门，直指圆融自觉之境，既求得生命与艺术的双重超越，同时也找到了真正的自我。至此，诗人已有了"容纳夏的羸弱，秋的激昂"的宽敞的心，"不惊动欲望／不惊动心"，心不再为形役，因而乃得与宇宙万物作全然无碍的沟通、融合。

多年前，我在谈到沈志方的诗时曾有这样的评述："他的诗神思飘逸，抒情温婉有节，在意象的剪裁上颇见巧思，但仍有某些不够准确而生'隔'的感觉。节奏是他最关注的一环，有些安排得的确高明，然而诗的声韵之美贵乎自然，过多人为的节奏，反而形成语言的僵化……写诗诚然需要技巧，如过度玩弄技巧而致情与景、意与象各自为政，不能交融配合，那就是败笔。这种情形在沈志方的作品中也偶有所见，如'留得住归来／留不住归去''从前额涌进/后额涌出''田单在左，即墨在右'这类机械化的句式，显然有刻意而为的雕饰痕迹。他的《退役心情》《陶壶篇》《明日之怒》等诗都有不错的表现，兴观群怨兼备。《寻访四帖》逸趣盎然，又是另一种境界，适于在饮酒品茗时诵读……"

当年这些评语只是点到为止，未做深入剖析，但仍能概括沈志方精神面貌和语言风格。根据我多年的默察，他虽有深情，却不滥于表现，他自认写诗是一种严肃的事业，故"诗人意识"从不过度膨胀。他的创作不算很勤，产量不多，但追求诗质的提升却有惊人的成就。他有知识分子的矜持，甚至狷介，也有诗人的自觉与执着。他一向不标榜"新潮"，却迭有新狂，也从不尾随"后现代"起哄，但在新锐诗人群中自有定位。不论抒小我之情，或写大我之爱，都能出之以真诚，这或许就是一个诗人的成熟。

# 石头与舍利子

## ——杜十三诗集《石头悲伤而成为玉》序

　　在台湾的中坚诗人群中，我一直注视着，而且对其创作情况与自我突破做长期追踪观察的，杜十三是其中之一。

　　杜十三未入老境，但诗龄不浅，二十多年前他初出道时，我在一次诗歌座谈会中认识了他，其后时有过从，并引介他加入《创世纪》阵营，短期协助我主编过《创世纪》诗刊。在二十世纪八十年代末与九十年代初的台湾诗坛，杜十三和林耀德或可视为最勤奋，也最活跃的两位诗人，事实上那些日子也是他们这一辈分领风骚的年代。他们虽在诗本质与美学认知上仍与上一辈的诗人一脉相承，但在取材和表现形式，乃至语言风格上却各自树起了新异而独特的标杆，而其中以杜十三尤为突出。他可说是一位甚具创作潜力，投注最多心力于多元探索和拓展的诗人，渗透的领域广及诗、散文、评论、音乐、绘画、设计、网络等。由"诗的声光"到"现代诗网络联盟"，他和白灵、须文蔚等使台湾的现代诗日渐与科技结合，使诗的版图扩展到一个崭新的领地。白灵说杜十三是诗人上网的先驱者，实不为过。

　　杜十三赋有多方面的艺术才能，这恐怕是许多诗人难以企及的，他的多方位操作充分显示他具有一种诗性智慧，因而往往促使他的创作跨越文字的领域，但过度的炫才难免招致嫉才的争议，可是正如某评论者所言：杜十三只不过是用他娴熟的全方位途径去写诗而已，他并没有逾越作为一个诗人的本分，反而是以一种前所未见的方式去实践一个前卫诗人独特的美学思想。

　　然而，无论如何，读或评述杜十三的诗，仍须回归到他的文本上来：以语言为起点，以意象为核心，再从中读出他的抒情内涵，读出他对生命的深沉感悟。杜十三可说是一位多产诗人，好诗占的比例颇大，他有些诗意象生猛，极具爆炸力，例如《火》，就是他诗中常见的原型意象。

凡经我爱抚的石头

必将燃烧而成为钻石

——《爱抚》（一）

用火焰洗净身体

你的灵魂换上新装走了

一生的血泪就此还诸天地

——《酒》（写给父亲）

但杜十三的诗更具特色的是他对多样形式的实验，你看他在诗里跑，忽而又见他飞了起来；你看他在诗里挺胸前行，忽又见他倒立退着走；时而扁平，时而立体；时而方言，时而普通话，时而英文；时而佛经，变化多端，式样纷呈。诗的境界的创造诚然是衡量一个诗人成就的一种方式，而对诗形式的实验和创造，似乎更能看出一个诗人的才具。杜十三在这个集子里所做的形式实验，也无非是企图以各种艺术表现策略和手法来具现他的内在生命。其实，如从另一角度看，艺术的多元次多式样的呈现，正如亚里士多德所书，也是为了"填补自然未完成的职责"。

在这辑的新作中，我最赏识的一首诗是《石头悲伤而成为玉》，作者选作书名，可见他自己也是很中意的。

这首诗极具张力，虽只短短六行，却是一个由内涵力与外延力所形成的抗力。《语言是诗人的神秘力量》，这首小诗是足可证明这句话。

这首诗的内涵，显然乃指佛心与佛性的融会，而诗的意象（外延力）却由矛盾语法来表达。文字犹如人的臭皮囊，火化之后，剩下的是舍利子（佛性），也是诗。石头沉默不语，经过千劫（被斧钻逼迫），虽之后才吐出真理，可看到其中宝贵的玉。诗的最后两行更是张力十足，既有吊诡语法的运用，也有诗心佛性交融的内涵，感性和知性都很丰富充盈，熠熠生辉。其他各诗亦多有出人意表的展现，令人耳目一新。

最近杜十三的诗中颇多佛教教义的关爱，悲悯之情，溢于言表，若干意象也颇具禅意，只是他诗中的禅喻，在表现上稍嫌多言。所谓禅诗，其实就是繁花落叶之后，手中所握的一粒无言的菩提子。六祖说的"吾宗以直指人心，见性成佛"，正是多言无益之意。

总而言之，杜十三的《石头悲伤而成为玉》这本新作，已让我在他各种可能的尝试与突破之中，看到了充满创意、令人欣喜的成就。

一九九九年十二月八日于台北

# 那人却在灯火阑珊处

## ——读淡莹诗集《发上岁月》

　　读淡莹晚近的诗，不时使我联想起王国维在《人间词话》中所论及的人生"三境界"，尤其是第三境界："众里寻他千百度，蓦然回首，那人却在灯火阑珊处。"王氏的"三境界"说，本是针对古今成大事业、大学问者而言，但历来对这三境界的体验与解说不尽相同，其实如用以诠释诗人探索生命奥义，追求完美诗艺的三个过程，亦无不当。境界一："昨夜西风凋碧树，独上高楼，望尽天涯路"，与境界二："衣带渐宽终不悔，为伊消得人憔悴"，可引申为诗人以其超凡的眼光、广阔的胸襟和独特的想象去追求一个心向往之的美善的意象世界。在这一追求过程中，诗人秉持的唯有一份锲而不舍、无悔无怨的执着。而境界三所暗示的，却是诗人经过上穷碧落下黄泉的长期探索和追求，最后发现所谓生命的奥义，其实就在铅华尽去、还我本真、自性圆融、不假外求的生命原点；所谓完美的艺术境界，也正是从真实而平凡的实际生活中提炼而来的。

　　这是一种生命和艺术的自觉，凡有所追求的严肃诗人，都会因这一自觉而不致随波逐流，为了现实利益而放弃对理想的坚持，更因这一自觉而最终获得精神上的超越。淡莹正是一个最显著的例子。

　　淡莹从一九六六年至一九七九年共出版了《千万遍阳关》《单人道》《太极诗谱》三部诗集。从这三个集子中，我们很明显地看出她从"少年情怀总是诗"的浪漫抒情阶段，经由充满幻想，以新语言、新手法表现内心隐秘世界的西方现代主义实验阶段，然后再过渡到回归古典，并试图将现代与古典交融焊接，而形成了一种既典雅而又饶有现代趣味的新风格。经历十四年的岁月递嬗，淡莹累积了在台湾和新加坡各报副刊与诗刊上所发表的六十多首诗，全都收集在这部《发上岁月》中。观其内在结构和整体风格，这些作品显然又有了极大的变化。也许这正应了我所谓"诗的蜕变也就是生命的蜕变"这句话，淡莹的每个诗集实际上也正代表她各个时期不同的心境、不同的生命情态和不同的对美的体现。因此，从整体看来，《发上岁月》所呈现的正是诗人进入中年后的另一种经验世界：真情流露，意象简明，探索的触角更接近现实，落实人生，以至展现出一种回归到中华人文精神本位上来的稳健风格。显而易见的是，以前她写《唤你，在雨中》和《过客》那种典丽与婉约，如今已蜕化为《曾经》的豁达和《洗心》的恬淡，早期她在《楚霸王》中所表现的逼人豪情，如今已转变为《看樱花喧哗》中的洒脱，《听蝉》中那种对生命蜕变的敏锐感受。请试读此诗的最后一节：

真正教人迷惘的是
何以听蝉的人
一过了年少
就有一种被揉碎
甚至冰浸过的
细细感觉

最不易见于淡莹早期作品的，是本诗集第一辑《椎心》诸作中所表现的对现实的敏感和对人间大苦难、历史大悲剧的深切关怀。当然，为了具体刻画现实的严酷性，并施以不加掩饰的批判，这些诗的风格之朴素平实，语言之漫漶，甚至不惜出之以散文笔法，也就无可厚非了。

读《发上岁月》，最能使读者内心引起震撼的，倒不是那些写大气候中的政治风暴、富于现实性和时代感的诗，而是剖陈个人心灵隐秘，叩响情感之弦，而又涉及人生哲理思考的诗。这可归纳为两大主题：一是时间的压力所引发的对生命无常的惊悸和沉思，可以《发上岁月》这一辑为代表；一是那种"春蚕到死丝方尽，蜡炬成灰泪始干"悱恻缠绵的恋情。其实，后者一直贯穿于淡莹的全部作品之中，而这个集子中许多以王润华为暗示对象的情诗，更可看出他们的鹣鲽情深，恐怕只有管夫人写给赵孟𫖯的诗差堪比拟。我们很难从写这类情诗的淡莹，联想到写《楚霸王》的淡莹；由豪雄阳刚、飞扬跋扈的《楚霸王》一跃而到委婉幽邃，暗示两性关系相当强烈的《崖的片断（之一、之二）》以及《回首》《雪融》等篇，这未尝不可视为淡莹的"女性回归"。

在《发上岁月》这一辑中，大部分作品都流露出"时不我与"的伤逝之情，唯有《曾经》一诗，不但以诗的意象纾解了时间的压力，更能从中看出诗人超越时空后所生的感悟：

　　漂鸟带走我的视线
　　闲云带走我的遐思
　　孤帆带走我的伤感
　　结果我一无所有

　　开掌只有清风
　　闭掌只有峻骨
　　还有呢？还有
　　一双凉鞋，藕色的
　　在床旁，如两叶扁舟
　　随时等待起航
　　去寻觅，浪花
　　自毁的真正原因

　　我是只斑斓过的蝴蝶

忽然翼断

翻落深谷

不为人所知


　　"视线""遐思""伤感"，是感悟昨日之我的（诗人的）条件，"漂鸟""闲云""孤帆"，是感悟今日之我的心境，以后者取代前者，结果我幻化为一片清虚，一无所有，幸好还剩下一双凉鞋（当然是女性的，因为是"藕色的"）。下面的"扁舟"自是"凉鞋"的换喻，而扁舟正待起航。道不谋，不如浮槎于海，这也是一种超越，但航向大海所谋为何？诗人说是"去寻觅浪花自毁的真正原因"。这句诗不仅提供了一个广阔的想象空间，同时也提示了一层生死的辩证关系。"浪花"可喻为外在生命的种种形态，常受客观环境的影响，旋起旋灭，而它的自毁更可能是由于它强烈的欲望和激情，也可以说是生命在蜕化中经历了一度辉煌、一番兴旺后的必然结果。最后一节实为诗人的见道之言；今日之我曾经是一只"斑斓过的蝴蝶"，现在忽然折了羽翼，翻落不为人知的深谷，其中所用"庄子梦蝶"的暗喻至为明显，因为从表面看来，这似乎犹如浪花的自毁，但实际上诗中暗示的却是由缤纷归于平淡、化虚幻为本真的禅悟过程。就技术层面而言，最后一节与前两节贴切呼应而形成了一个完整的有机结构，就内在涵义而言，这首诗的言外之意，闪烁着东方智慧的光辉。

　　淡莹晚近的诗，情感直露，不失其真，与人与事，坦然以对，不失其诚，这与她早年的温婉含蓄已大异其趣。语言上虽仍保留古典的余韵，表现手法则更趋直接。早年因采用隐喻和象征而使诗思沉潜，句构隽永而意象灵动，但也不无偶来的滞涩，晚近因直露，因设喻和意象趋于单纯，故易解而感人，只是若干诗句因产生固定反应而不免失之于浮泛，这一矛盾正可反映淡莹以及许多转型期的中年诗人在运用表现策略时所面对的一项挑战。

# 无名氏《狱中诗抄》序

　　小说家无名氏，著作等身，在我国文坛上享誉数十年而不衰。他的文学形象确立于他那瑰丽多姿，而又富于玄思哲理的作品；他的精神和风骨则可视为中国知识分子的典型。但对一般人而言，他的吸引力，毋宁说乃在于他隐失于一个大时代的风暴中历三十余年所构成的神秘性。在乱世的激流中，一个人的兴衰生灭，无异于一粒泡沫，然而很少人的生死下落像无名氏这样受到社会大众普遍的关注，当他去年从蛰伏半生的杭州来到台湾，活生生地出现在我们面前时，我们仍不禁惊问："这真是无名氏吗？"

　　高中时代，我也曾是千万个无名氏书迷之一，他的作品凡能买到或借到的，我都读过。我深深为他那传奇性的遭遇所感动，乃写了一首《调无名氏》的诗在"联副"发表。由于这点文学因缘，自无名氏来台，且与他初晤于一次欢迎酒会中之后，我们便时有过从。在若干次把盏夜话中，我常为他口述的那些惊心动魄的往事所动容，而这些往事，他都一点一滴记在脑中，化为创痕累累的意象，写成感人的诗篇。现在他将这些充满血泪与愤怒的作品结集出版，嘱我为序，因而得有机会一读再读，不论在诗艺上或在思想和精神的感染上，我都获益匪浅。

　　这个诗集共分三辑，第一辑为《狱中诗抄》，二、三辑为《出狱诗抄》，共计一百二十五首。《狱中诗抄》都是在他系狱时打的腹稿，把诗句一一刻在记忆中，出狱后始整理成篇，《出狱诗抄》则是这段受难经验的补记。据作者自述："这些诗是一种抗议，一种良心声明，一种坚持正义原则的决心。"故这些作品不仅具有文学价值,更有其特殊的时代意义。可以说这些诗是民族苦难的象征,揭露一个时代的证言。就主题而言,这些诗大致可归纳为"抗议诗""讽喻诗"和"自励诗"三类。所谓"自励诗",对作者本身尤具积极意义,因在狱中写诗,不但作者视为一种精神寄托,更是作者赖以"自我催眠、自我鼓励、自我振作"的精神力量的源泉。

无名氏是一位深受中国传统文化熏陶,而又在大时代的烘炉中经过长时期锻炼的作家;他既有中国传统文人那种"威武不能屈,贫贱不能移"的志节,也有中国诗人那种"有所不为"的狷介。尽管为了生存,他有时不得不与别人虚与委蛇,一度担任过挂名的"文史馆员",但从未领过一分钱,也从不参加开会,尤未受到思想上的污染,胸中永远是一片月白风清。当他身陷囹圄时,他从铁窗外两株白杨的嫩枝绿叶中感受到生命的光和热,即使身受各种痛苦与侮辱,但他并不绝望,更不妥协。这种坚忍精神在《侮辱》一诗中表露无遗:

> 一个不醒的睡是跪降,
> 永恒白昼射真理的水仙香。
> 屹立于每一秒是死的生,
> 苏格拉底毒药杯闪闪放光。
>
> 贝加尔湖雪舞节杖,
> 九华庵一士趺坐如蝉。
> 无限时间是无限纯洁,
> 雪片一样的侮辱是万千灿烂。

诗中以苏格拉底、苏武、王阳明等自喻,我相信他无意在此攀附圣哲,而只是以圣哲的不屈志节来激励自我。在《上升》一诗中,他也以米开朗琪罗与贝多芬的际遇自况,最后一行说:"让我在千百次围攻中上升。"此处所谓的

"上升"，实为一种精神的超越，比佛家追求肉体的解脱更具积极性。由此足证作者乃是一位利用人生苦难以磨炼人格、提升生命价值的诗人。

当我一一读完集中的全部作品之后，不禁为其中那股凛然不可侵犯的道德勇气所震撼，为作者那份在举世滔滔中"虽千万人而吾往矣"的豪情所感动。究竟是一种什么力量使得无名氏安然度过数十年的惊涛骇浪，而仍能保持健康的身体、完整的精神和宁静的心态，且在极为恶劣的环境下，孜孜于数百万字的创作，未曾稍懈？我想，这股力量主要是来自他内在的坚毅意志和潜修哲学与宗教所培养成的一种人生信念。他的意志力在《囚徒之歌》一诗中表现得淋漓尽致。无名氏系狱期间，虽饱尝各种痛苦，但他的脑袋不仅"分毫未被改造"，且在高墙、黑门、铁栏杆的禁闭中，在刺刀、镣铐、狱犬的威逼下，越来越凝固，不稍变化，大有"鼎镬甘如饴"的胸襟。

至于他的人生信念，我们可以从另两首诗中窥出端倪。其一为《入狱周年之献》，作者入狱适届周年，眼看着同室难友终日浑浑噩噩，岁月在日夜递嬗中逐渐消逝，而他却能时时警惕自己。诗中第一句"渴望更深的侮蔑"，显然为一反讽语式，其实是希望借更深的痛苦来锤炼自己更坚强的意志。诗中最后两行进一步暗示了他当时的心境以及他的人生信念之根源：

一切原始符咒上升入静穆，
缄默里整个宇宙变形。

他在牢中听到墙外大街上、屋檐上许多人在念"原始符咒"，他却得以幸免。午夜沉寂时，他发现整个宇宙变了形，原始符咒已净化为一种静穆的天人合一的境界。他之所以能达到这种境界，实由于他已把一切痛苦与横逆视为锻炼人格的一种考验。

表现他的人生信念的另一首诗是《鞭尸展览》，其中提到他在斗争会上之所以能抑制自己的愤怒，是因为当时"联想到释迦牟尼的超脱精神，耶稣在十字架上的忍苦风格"。这种融入了宗教情怀的人生信念，也正是使他在诸多困厄中不忧不惧，履险如夷，将一切悲苦化为凛然正气的力量。

宗教与哲学给他智慧，侮蔑与痛苦给他力量，但能把他的苦难经验以艺术形式表现出来，则非诗人莫办。我一向认为，本质上无名氏是一位诗人。诗人的特质是热爱生命，感觉敏锐，想象力丰富。无名氏热爱生命，追求自由和真理的那份执着，自不待言，而他感受与观察之敏锐，想象力之丰富，可以从他那些近乎散文诗的作品如《海艳》《金色的蛇夜》《死的岩层》《开花在星云以外》等中求得印证，更可从这个集子的若干作品中找到具体的证明。例如在《出狱第一感》中，他写道：

一办完出狱手续，我就像一头受伤的猛兽，疾冲出大铁门，满街乱奔……不论是刚才觅车或此刻坐在车上，我的精神状态几近疯狂，视而不见，听而不闻，整个人如腾云驾雾，被一种无法形容的火焰情绪所占有。一年零三个月来所失去的一切，一刹那间突然全汹汹涌涌地又回到我身边。特别表现得强烈的是"世界"本身，在狱中，世界和我几已绝缘，这一会儿，它却像一座山岳，猛然屹立于眼前，我震骇得有点手足无措，应接不暇……

他在《出狱第三感》中所描述的感觉经验，也非常特殊：

从未经历过这样奇异的夜。这一夜绝不是夜，也不是白昼，更不象征时间。它完全是种实体，像桌子板凳一样，而又是一种燃烧体、爆炸物。它使一切变成火，化为电，使任何细微的音籁如TNT似的爆炸着……

其实，在中国内地那种封闭的社会中，人人都有一些外人无法想象的特殊经验，只是他们见怪不怪，因习惯而麻木了，我们却可透过无名氏的感受而获得深刻的了解。比如，他在监狱中最难忘的经验是"饥饿"。据他自述，出狱返家的第一顿晚餐，他竟狼吞虎咽了十六碗饭，真是骇人听闻！他的那首《饥饿》，很能表达那副馋相——看见香皂，便想到奶油蛋糕；看见木床，便想到香肠；看见布衫，便想到棉籽油；看见木桶，便想到白兰地和牛奶……但望梅不能止渴，最后他说"颤巍巍地，我擎起空的杯子"，读来令人心酸不已。

其次，《坚硬》一诗写的也是一种特殊经验。无名氏初到香港，会以"软绵绵"来形容香港社会的绮靡，却以"坚硬"来表达他对整个内地的感受——天空与大地是硬的，街头行人是硬的，人际关系是硬的，而坚硬另一面的含义是冷漠、残酷、缺乏温情。

诗中所谓"一颗最后的果核建筑最坚硬的醒"，却强烈暗示出作者当时那种愈硬则愈冷、愈冷则愈使他清醒的精神状态。这点，再度说明了无名氏那种具有深意的处世哲学——即借外在的残酷现实以磨炼内在的精神和意志。

敏感的心灵最易受到伤害，无名氏除了身受一年多的牢狱之灾外，出狱后又受尽邻居的冷漠和敌视，致使他的情绪一度处于孤绝的低潮。《我是塔布》两首自嘲诗，即是作者心灵受伤后所发出的低吼。《两种沉默》《世侩》《薛西弗斯与巨石》，也都是同样心理投射的作品。我国古代诗人因政治牵累受到伤害，而将内心的悲愤化之为诗的，大有人在："九死而其犹未悔"的屈原，"露重飞难进"的骆宾王，"斯人独憔悴"的李白，"蜡炬成灰泪始干"的李商隐，以及"言山水而包名理"的谢灵运，无不是企图透过艺术形式，以求内心的悲苦得到化解。相较之下，所不同的是无名氏在诗中表现的悲愤和抗议，更为直接而强烈，既是他个人的控诉，也是全中国人的共同心声。

# 把海横在膝上倾谈整夜

### ——读汪启疆的诗

　　或许我们应以另一个角度、另一种方式来解读汪启疆。如果仅以面对作品本身而不顾其他的所谓"新批评"方式来剖析汪启疆，恐怕对他的诗难有完整而深入的理解，原因是影响他风格的因素远较其他诗人复杂，他的人生信念、生活形态以及经验内涵均与别的诗人不同，他的诗既是他经验的重现，更是他心理和情感的投射。

　　汪启疆人称"将军诗人"，在当代诗人中身份最为特殊。感性地说，将军与诗人在性格上确有某些共同的特征，但实际上二者又是极其矛盾的，其凿枘之处亦如现实与诗。身为职业军人，举凡思想言行无不在一个相当严谨的框框之内运作，而诗不仅是对现实的调整，也是对现实的超越，一种升华了的生命内涵，而且写诗这一实务操作，通常不是一种很理性的行为，"超以象外"反而视为正常。不过从另一方面看来，将军与诗人如欲达成他的不世功业，固然需要全心全力地投入，也需要高度的专业知识相配合，就这一点而言，我们可以从汪启疆身上获得印证，将军和诗人这两个不同的形象能在同一个人身上达到高度的调和，得到卓越的发展，这在文学史上颇为罕见。

　　换个角度来看，我们发现汪启疆写诗，实际上也是他纾解现实压力的一种方式。诗和梦一样，都有它共同的源头，这就是潜意识。诗人在他的作品中力图通过对潜意识的探索来把握人的内在真实，寻找释放压力的出口，他敲开潜意识的大门便可看到人的另一面的真实情况，而成为一个完全自由地实现自己欲望的人。对身为一个诗人的汪启疆而言，这种纾解也正是创造力的展现。可以这么说：没有由于纾解所生的无限的想象力，就没有丰沛的创造力；没有丰沛的创造力，就无法达成纾解的功能，二者相辅相成。但吊诡的是，汪启疆的创造力却大部分有赖于海军生活所形成的压力；换言之，他时时萦回于逻辑思维之内，日夕沉浸于操课训练之间，只要偶尔独对碧海青天，皓月繁星，他便与天地自然融为一体。大海容易使人忘记时间的压力，使人变得单纯而无邪。《梦幻航行》《川流与大海》等诗最能说明这种感受。每当诗人沉湎于自然美景时，便不免产生一种冲动，希望透过审美意象来表现内在的审美感兴，这就是汪启疆灵感的源泉，同时也形成了他的风格。事实上，长期的既严酷而又浪漫的惊涛骇浪的海上生活，正是形成他那豪旷中带有柔情的主要风格的因素，也是培养他那坚毅、坦荡、笃实、热情的个性的外在力量，这些，都从他的诗中投射而出。

汪启疆的诗，有时在句法上偶有"脱序"现象，意象的爆发力很强，但弹着点间或有些散乱，因而若干诗在解读上会造成一些困难。不过，读他的诗，至少有两条主要线索可循，一是对海洋的寄托和倾诉，一是个人情爱（尤其是对妻子）的释出。他当然也写过不少其他题材的诗，甚至有些小品极为精彩，然而如果排除以上两大主题，我们就难以看出诗人的个人风格，而他的整体气势也必然大为减弱。

我们发现，汪启疆诗中的这两大主题其实是经常糅在一起，绾不可分。比如在他与大海的对话中，经常渗有对爱妻的深情蜜意，这份情爱不但真纯，而且日夜纠缠，挥之不去。

　　你送我出门，脸犹在梦域
　　我将折叠袋底的军衣，取出抖动
　　每一根骨头发响
　　是初阳爬升的声音

　　　　　　　　　　　　　　　　——《梦域之海：初阳》

我们把海横在膝上倾谈整夜

——《梦域之海：蓝毛衣》

　　这绝不是属于少年情怀的那种梦幻式的浪漫，而是成熟的、"直教生死相许"的永恒之恋。诗写的是人性，抒的是真情，诗是人存在某一特定的时空中的精神标志，诗的永恒即由于人性和真情的永恒。读汪启疆的诗，我们必然会为他专注的真情所感动，他对大海的倾心，对海上事业的执着，对爱妻与亲人的深情，使他诗的每一个字都燃烧起来。汪启疆能把冷肃的理性人生和柔性的感性人生熔铸为一个整体，他活得比其他人都更为充实。

# 序简政珍诗集《失乐园》

　　近日细读简政珍即将问世的诗集《失乐园》原稿，我发现我似乎获得了一种新的读诗经验。在台湾当代诗人群中，简政珍是比较难以解读的诗人之一，因为他写诗并非全靠横空而来的灵感，读他的诗自然也不仅凭个别差异性极大的所谓感觉。我以为，如要进入简政珍诗的堂奥，首先必须掌握他的基本诗学，而其中最重要的，同时也因此形成他的特殊风格的观点，就是"意象思维"。

　　所谓意象思维，就是透过一种沉默的意象语言来传达诗人对历史、现实、生命和自然的深层体悟。我们如以此观点来印证简政珍的诗作，尤其是《历史的骚味》《浮生纪事》，乃至这个集子《失乐园》，莫不深深感到一种超越抒情的思维活动在操控他的文本，同时也左右了读者的视境。我们在阅读简政珍的诗时，常会发现他这种思维通常向两个方面发展：一是对荒谬的存在本质做形而上的反思，一是对现实人生做尖锐而无情的揭露和批判。这一点，郑明娳教授看得很准，她说：他着重于生命刹那间如临生死的感动，继而以凝练的语言传递存有的讯息。

　　如果说简政珍诗作不同凡响之处，在于他精密而富于张力的语言，但是擅长于驾驭和提炼语言者大有人在；如果说简政珍善于运用历史与现实的题材熔铸成诗，但诗坛长于处理这两大题材卓然有成者，也不乏其人。然而简政珍有一项特质远非其他诗人所能企及，即在他的诗中——透过对那精密语言的阅读和鲜活意象的审视——不时闪烁着一种超越现象的形而上思考，而这种思考不是一般的抽象的逻辑思维，而是与现实密切相关，与人的命运紧紧绾结在一起的。

诗质的提升，除了形而上的哲思不可缺乏之外，想象更是丰富一首诗的重要因素，但想象仍需以现实为基础，缺乏现实的可触可感性，这种想象势必失之于空洞无力。当然，诗如缺乏想象，就飞不起来，其中的现实只不过是一堆语言的赘肉。简政珍的诗是富于想象的，如：

> 我们有如烛火
> 在痛中饮尽一生

这两句诗不禁使我们联想起李商隐的"蜡炬成灰泪始干"。简诗中的"烛火"是现实，而"痛"更是现实的本质，蜡烛燃烧而化为泪，这种痛苦必须要熬到油尽灯干。我们立刻会从这个意象中获得一个强烈的暗示：生命在痛苦中燃烧，直到结束。这不仅是对人的悲剧的深切体悟，同时也是佛家的极终关怀，这比李商隐那句仅在表达情感内涵的诗更为深刻。

《失乐园》是简政珍近年来最重要的长诗之一，与其他长诗不同之处，乃在这首诗采取的是"以小喻大""以有限暗示无限"的策略。镜头从自己的后花园被拆毁、沦为建筑工地开始，进而逐渐扩大延伸到当前的社会，乃至人为的政治大环境。读简政珍的《失乐园》，有几分像读艾略特的《荒原》，更容易使人联想到弥尔顿的《失乐园》。艾诗旨在表现二十世纪欧洲文化的日趋荒废和没落，简诗则暗示台湾当前政治现实的荒谬和堕落。弥尔顿的《失乐园》是源于心灵上的恶魔，而简的《失乐园》则肇因于恶质的政治和缺乏公义的社会。

诗，毕竟是诗人的心灵独语，在相当程度上是属于一种心灵密码，这种密码有时是出于个人的独特经验（如我的《石室之死亡》），有时归因于形成个人风格的独特语法（如叶维廉的《赋格》），因此，欲对一首诗做完全的解读几乎是不可能的。简政珍的《失乐园》不仅个人经验相当复杂，且语多歧义，如强作解人，可能会远离诗人原来创作的旨趣，故我也只能点到为止，略探诗中髣髴的讯息。不过有一点我倒可以确定，即：佛教的教义对这首诗的结局产生了决定性的影响。不过诗人毕竟是形式的高手，他以电影蒙太奇手法不着痕迹地表现了禅的暗示方法：

　　随着远方的山钟

　　去寻找黄昏归处

　　那里有一口井

　　……

　　当井水平静时，井里的倒影似乎书写着："如一井空，空生一井。"其实在《心经》中还有一句涵义近似的话："色不异空，空不异色，色即是空，空即是色。"这些佛语有时甚至也可拿来与老庄的"有无生死"的辩证关系相互参照。于是，诗人因而找到精神上的补偿：现实乐园虽失，而精神乐园仍在，他变成了一口水面平静的井，最后达到了净心明性的境地。

二〇〇〇年元月于温哥华

# 试论《我之歌》中的我

　　有幸结识诗人李青松，应是一种缘。我的朋友中礼佛的本就不多，台湾有诗人简政珍，现在多了一位诗人居士李青松。我与他们结缘，主要还是源于诗。倾心交谈，念兹在兹，诗仍是我们话题的核心，很少涉及宗教。

　　我和李青松首次近距离的接触，是在南京夫子庙的灯影下，秦淮河畔的橹声中。二〇〇二年十一月下旬，我应南京市作家协会之邀走访仍留有六朝风月的金陵，七天中曾在南京大学、东南大学做了数场演讲，并参加南大同学为我举办的诗歌朗诵会。其间，李青松专程远从北京赶来会我，在暖暖的秋阳中陪我畅游了金陵的名胜古迹。数日相聚，我才发现他是一位茹素的虔诚的佛教居士，他三十出头，却蓄有一口黑髯，道貌岸然，故我以"道长"称之。

　　同年，我受北京一家出版社的请托，主编一部《百年华语诗坛十二家》的长诗选集时，欣喜地读到了李青松一首一七五节的六行体诗《我之歌》。仅看标题，我立即联想到美国诗人惠特曼的名著《我自己的歌》。惠特曼这首诗主要在通过自我的体验，以折射十九世纪美国工业社会在烟尘滚滚中所展现的开创精神以及物欲横流中的人性执迷，而李青松的《我之歌》则是一篇"在诞生与涅槃之间的精神史"；惠特曼写的是形而下的指涉与讴歌，李青松写的则是形而上的沉思与灵魂深处的搜秘；惠特曼乃在通过"小我"以表现"大我"，李青松则融"大我"于"小我"，二者浑然一体。他甚至把这个"我"抽象为"世界万物的代称……可以是一条道路，一束光芒，一滴水珠，一个词语，一点空白，一片虚无。它什么都是，什么都不是……"（李青松《我

的自白》）

纵然如此，但为了解读剖析《我之歌》中这个玄奥而抽象的"我"，不妨先认识一下李青松这一个体的"我"，因为这个可感可触、有血有肉的食人间烟火的世俗的我，乃是构成小至家庭，大至社会国家的基本因素。唯有透过这个"我"，我们才能感受到，知解到宇宙万物的内在奥义，所以在把握"大我"之前，我们不能忽略对这特殊的个体的"小我"的把握。

根据我个人的观察，在诗人群中，李青松的"小我"形象也是令人印象深刻的，例如他处世待人有着无比的真诚、谦抑、热情，表面貌似仙风道骨，内心却燃烧着一股灼热逼人的豪情，蕴藏着一种不可妄测的潜力。但在《我之歌》这首长诗中，这个"我"已融化于万事万物中，而成了"天地人神的化身"，李青松会以佛性的话语说："此我即我，亦非我；有我之缩影，亦有众生之投影；有尘世之我的心路历程，更有真如之我的精神诗史；我心即佛，佛即觉悟之我（也即众生）。"可见他的诗里面既有对生命真谛的观照，也有对大慈悲大圆融的佛性的体现，既是"人天"的多元融合，也展现了"人神一体"的诗歌宗教观。因此，我把李青松的"我"分为三个类型：

以佛为核心而将大爱向四极八荒辐射的我；
以生命为核心，探寻一个内在真实的我；
以美为核心，追求一个孤绝而独特的诗性的我。

在我的诗歌创作生涯中，这三种"我"也都曾在作品中交错出现过，其中的佛性（我称之为宗教情怀）通常深藏不露，或时隐时现，而另外两类则很明显地已成为我身为一个诗人的潜在本质，尤其在探寻"真我"这个命题上有着独特的体悟。我把探寻真我和探寻语言密切绾结在一块，当作一回事。我曾如是说：

"真我"或许就是一个诗人终生孜孜矻矻在意象的经营中，在跟语言的搏斗中唯一追求的目标。语言既是诗人的敌人，也是诗人凭借的武器，因为诗人最大的企图就是降服语言，而使它化为一切事物和人类经验的本身。要想达成这一企图，诗人首先必须把自己揉入一切事物之中，使个体生命与天地融为一体。太阳的温热也就是我血液的温热，冰雪的寒冷也就是我肌肤的寒冷，我随云絮遨游八荒，海洋因我的激动而咆哮。我一挥手，群山奔走，我一歌唱，一株果树便在风中受孕，叶落花坠，我的肢体也随之破裂成片……

当然，这个"真我"的哲学根性是显而易见的。这使我想起了庄子《齐物论》中有关庄周与蝴蝶的非逻辑的却十分有趣的推理。其实庄周梦蝶这一暗喻乃在剖析"有分"与"无分"两个概念，"有分"即个体互异，"无分"则万物齐一，"有分"是现象，是梦幻，亦如《金刚经》说："一切有为法，如梦幻泡影，如露亦如电。"而本真（无分）则为一种绝对存有，齐一不变。因此李青松《我之歌》中的"我"，就其本质意义而言，何尝不可附会为庄子那不变的"道"，而"道不逃物"，这个道是无所不在，超越时空而附丽于万物的，这正如叶橹教授所言："李青松诗中的'我'，体现了一种贯通古今的精神指向。""道"也好，"精神指向"也罢，本来是"大道不称"的，亦如佛经所言："玄旨妙谛，不落言诠，一落言诠，便失其真。"然而，李青松的这个"我"，毕竟是经由诗的审美形式来呈现的，从诗学概念来看，《我之歌》的文本是一种"意象思维"，有时我也称之为"智慧的花朵"，其创作心理过程可由以下的诗句说明：

圣光栖落在我的枝头
漫山的小径和清晨
鸟虫交欢，花蕾受孕
满腹激情降成爱的胎儿
冲出缪斯的皇宫
在我的笔尖哇然临盆

——《我之歌》三十二节

　　"圣光"，当指带有神性的灵感，"鸟虫交欢，花蕾受孕"，乃以暗喻手法表现"我"与宇宙万物的交融，然后"满腹激情"化成具体的意象，冲出缪斯神的宫殿，是一首诗的创造于焉完成。这一节中的"我"，也正是前面所说三种"我"之中的诗性的我，以美为核心所追求的一个孤绝而独特的我。整体而论，《我之歌》可说是一首超拔于现实之上、透彻体悟人生，而具有高度灵视的诗，其宗教含义远超过文学含义。这并不是说，这首诗在美学原理与语言表达形式上有何缺失，而是强调它独特的宗教精神。《我之歌》在表现上采用的是大乘手法，不仅是一篇表现作者个人的"在诞生与涅槃之间的精神史"，更是广泛地表达了介于人性与神性（佛陀、道）之间的杂糅交错、生与死、色与空、存在与虚无之间的诗意辩证。其实，以我的话来说，即是一种生命意识的觉醒。我们发现，传统的理性主义与夸张的人文主义，表面上都把人的位置抬高到万物之上，实际上却把人类化为某些教条的牺牲品。但《我之歌》中传出的信息是："人都来自大化（自然），必将回归大化。"这使我们清醒地意识到，自我的本质和宇宙的本质是同一的。这种人的生命意识之觉醒，其实不仅出现于先秦的道家思想和印度的宗教思想中，同时也早就在古希腊的哲学中反映出来。在《我之歌》中，诗人是以两只眼睛看世界，一只是诗眼，一只是佛眼，诗眼看到了人性的尊严和光辉、情感的绚丽和温馨，佛眼却看到了存在的困境、肉身的虚空和宿命的悲苦。诗人一方面高声歌赞现实人生的意义，一方面又深深地挖掘形而上的生命奥义。

　　我从阅读《我之歌》中也体悟到另一个深刻的意义，这就是"人神一体"的新的宗教观，我所获得的启迪是：人与神本是一种相互依存的关系，没有神，人会陷于虚空无力而且无望，烦恼一生；没有人，神的存在就毫无意义。神在万事万物之中，也在我们心中，我心即佛。谈到这里，我得赶快声明一点：某些时刻，神固然是一超然的存在，但通常都和"我"融为一体，纵然如叶橹教授所书，《我之歌》是一个"神性的诗歌文本"，但这并不表示诗中"我"的位置高出于神，甚至也不应高出于任何事物。这个"我"当然也不能自喻为神的代言人，但我发现《我之歌》的某些部分，把"我"抬举得太高，愈到后面，调子愈见高亢激越，甚至充满了近似神谕的声音。谦卑，也许更易于接近神，幸而在全诗的最后一节最后两行：

一首欢乐的歌把我撇开
——飘向茫茫的空白

我们从这一系列的犹如"羽化而登仙"的缤纷意象中，看到诗人对生命的彻底参悟，而终于达致涅槃之境。

我虽在前面说过：《我之歌》的宗教含义远超过文学含义，但无论如何它绝不是宗教的宣传品、弘扬佛道的载体，而是一首具有独特风格的诗，不仅激情昂扬、意气万千，而且在整体上提供了一个宗教与哲学相互掺和所构成的形而上的思维体系，实不愧是一首气势恢宏、想象诡奇、思想深邃的精神史诗。

二〇〇四年三月二十日于温哥华雪楼

# 创造一个未知世界

### ——序邱振中诗集《状态Ⅳ》

　　邱振中足跨书法与诗歌两界，在书法，尤其是草书方面，更是当行出色，令誉彰着，目前可能是国内书法领域内一个最炫目的亮点。但就诗歌而言，他在"中生代"诗人群落中，不论作品的量或参与诗歌活动的频率都远不如他在书法艺术上所表现的惊人成就与自信。我想这绝非由于他的诗歌内在精神或诗性强度问题，而是他一向独立于诗坛派系之外，既不甘于融入那流行当代过于泛滥的叙事诗洪流，也不屑游走于把诗歌的艺术之争变味为话语权之争的各大门户，这就足以凸显出一个诗人特有的狷介气质。其实当前内地严肃对待诗歌艺术的"中生代"诗人如邱振中者，仍大有人在，他们面对恶化的、骚嚣之声大于笃实创作的诗歌生态，只有冷眼相对，使自己处于一种沉潜的、内在化的诗性状态。论者把他们的写作特性归纳为四类："寂寞的个人写作""自我玩味的艺术写作""独善其身的人生反思写作""追求形而上的神性写作"。据我看来，邱振中的诗歌写作既不单属于以上任何一类，而他的追求与风格却又几乎涵盖了上述的各个特性，我们不妨就从这个角度切入对他诗的探索。

　　寂寞是培养诗人高尚品格的一项高单位营养品，也是提升诗歌品位的一种驱动力量。若要不寂寞，诗人只要背离初衷，以粗俗之笔写出配合政治主旋律或迎合大众口味的作品，然后奋身跃入那热闹滚滚的诗歌活动场域，终至没顶。邱振中则不齿此图，坚持他那冷隽的独特的语言风格，他经常处于一种非激情状态，因为他要创造的是一个冷静的意象世界，换言之，他相信诗不在描写一个已知的现实世界，而是凭借想象创造一个未知的超现实世界，他的现实是经过调整的而变得更加真实的存在。真正的诗人从来不搭政治的顺风船，当"为人生而艺术"的口沫淹没了二十世纪的讲堂，像邱振中这类诗人却更重视个人内心的神秘体验和自我对宇宙万物的真实反应，但并不疏于对生命的观照与对现实的反思。例如他的《无翼之蝉》，这是一首富于知性的诗，机敏的思维呈现于一种极具穿透力的意象语言，知性的陈述取代了感性的抒情。整体结构看似一种逻辑的推演，一种辩证式的书写，其实这首诗并非为了表现某种理念而设计的载体，它主要不在解说，而在对生命的感悟，一种深沉的心理体验——想飞而无翼，这是把人逼至绝境的哀叹，道出了"没有眼睛之前先就有了泪"的那种生命无常、宿命无奈的永生之悲。

　　我自从多方位地观察中国现代汉语诗歌的发展以来，就一直在思考一个问题：除了当年一度席卷全国的政治抒情诗，以及有意无意中承袭了"工农兵"阶级意识而漫延至今的，以民间写作为面貌的叙事诗写作之外，是否还有人另辟蹊径（哪怕是极少数），从精神的与文化的宏观角度把自己的思维推到形而上的高度？如细加观察，我们不难发现邱振中的诗歌即不乏这种倾向，只是他那些近乎形而上思考的作品，乃是透过具体的意象的呈现，而不是抽象的论述。他这方面的作品也许难以满足一般探求散文内容的读者的需要，但也提供了一种崭新的深刻的艺术形式，如把他的诗归类为艾略特所谓的"困难的诗"（dicult poetry），亦无不可。

　　论及书法，邱振中曾说："好作品中要有传统中核心的东西，也要有传统中没有的东西。"这个论点事实上也触及他的诗歌本质问题，邱振中的书法与诗歌二者的同质性很高，而二者的绘画性和音乐性更是构成他艺术特色的主要成分。至于什么是传统中核心的东西，什么又是传统中没有的东西，中国传统的内涵极其繁富多元，传统美学的核心也不止于一，除了涵盖一切文化与艺术的"天人合一"的哲思之外，依我个人粗浅的认知，至少还有两项既凸显而又深刻的美学核心观念：一是柳宗元提出的"美不自美，因人而彰"，其意在说："美"并不存在一种实体化的，外在于人的"美"，"美"离不开人的审美活动，一切景物之美都必须有人去"发现它，去唤醒它，去照亮它"，始得以彰显。这个观点可以在邱振中及其他诗人的作品中得到印证，只不过邱振中对美的角度的选择和对意象的处理有他独特的心法，或许更接近俄国形式主义"陌生化"的理论。陌生化的效果是使诗的形式变得困难，因而增加了感觉的难度和感受时间的长度，因为感觉过程的本身即是审美的目的，故必须设法延长。所谓"陌生化"，英文译成defamiliarisation（去熟悉化），也正是中国传统美学所强调的去"浮言游词"，反"陈腔滥调"，这与西方现代主义排斥"惯性反应"（stock response）如出一辙。形成邱诗的困难，主要在诗人自己凭借一种直觉的、纯粹的心灵感应，赋予事物以特殊的性质，为了创造一个崭新的世界，他所写出的对事物的感受如同初次见到的那样，既陌生而又新鲜，这正体现了济慈的名言：诗人是万物的命名者。

在中国传统美学中还有一项少有人提及却至为重要的核心观念，且有着与超现实主义同质的因子，那就是"非理性"。中国古典诗歌中有一种了不起的，玄妙之极的，绕过逻辑羁绊，直探生命与艺术本质的东西，后人称之为"无理而妙"。正如上述，"无理"是超现实主义与中国古典诗歌中十分巧合的内在特质，但仅仅是"无理"，怕很难使一首诗在艺术上获致一定程度的有机性与完整性，也就是诗歌的有效性。而中国诗歌高明之处，就在这个说不明、道不尽的"妙"字。诗不止于"无理"，最终必须达到绝妙的艺术境界。苏东坡主张"诗以奇趣为宗，反常合道为趣"。既"反常"，又"合道"，正是他对"无理而妙"这一无上妙悟的最有力的呼应。

如仅从语言层次和表现手法来看，邱振中诗歌的传统影响并不明显，但不可否认的是中国古典诗歌中那种"无理而妙"的质素，却不时在邱诗中以现代的脸谱呈现，试看："劈开往事如闪长岩／岩面／你留下／眼的庄严手的孤独"（《二重奏》）。再如："回来吧鸟儿回来／一匹马已经叠放在另一匹马上／一只手已经融化在另一只手的背影"（《纪念碑》）。我们不难看出这些诗句的"无理"都隐藏在一种"矛盾语法"中，一方面显示出事物的荒诞性，另一方面从荒诞中又可感到一种无言的奇趣和妙悟。下面这首《状态IV》更可见证这个核心理论：

陌生的屋子

微笑突如其来

仿佛从空中

升起不安的手

放平再贴上

没有完成的墙

你谈吐像一条长长的丝

洁白地绕着屋子

构成一种状态

让人感到

再也不可能走出屋子

更衣或者倒立

在许多无意的间隙中

裸露的感觉

　　这首诗基本上是在陈述一种状态，其中的情节存在着一些非理性的极不协调的矛盾，而"陌生的屋子／微笑突如其来……"这一连串的意象，都给人一种十分突兀而又十分新鲜的感受，为我们提供了妙不可言的意趣。

　　至于传统中没有的东西，在邱诗中又以何种面貌呈现？无疑的，当然是现代意识，一种舍弃了和谐的古典韵致，从现实中体验出的，如同赤足踩在碎玻璃上所产生的刺痛感，亦如《无翼之蝉》中的诗句："如果还有一次飞行／所有器官在空中伸出／化为扁平之翼／巨大的摩擦搅扰／奔向另一次／撕裂的恐惧。"在传统文化中，凡经由"巨大的摩擦搅扰"之后，势必如浴火凤凰，不是升华为灵性境界，便是转入超脱的涅槃，像这种"撕裂的恐惧"的意象在古典诗歌中是罕见的。

　　邱诗中的非理性与尖锐的现代意识，可说是互为因果，相辅相成的，而二者的内在联系与他诗的结构特色不无关系，这一特色即在建行、断句、回行等不寻常的处理，比如像："撕毁记忆那简洁的折痕／打开又合上一部分词感到折叠的痛苦"这样的句子，如按散文的句法，显然有一种该断不断、不该断而断的乖误。这种断句法在邱诗中屡见不鲜，往往导致语意的不确定性和阅读上的陌生感。然而，正因为如此，他这种良苦的用心，实有助于产生一种有力地破除散文化的效果。为了挽救今天诗坛铺天盖地的散文化的诗歌生态，为了让诗性与隐匿在意象背后的意蕴得到有效的显示，邱振中的建行与断句法在结构意义上似乎是一种必要。他诗中极少明喻的意象，他从不以流畅得近乎游词的语式、巧丽而媚俗的意象来减损诗的质感，也绝不愿读者因诗意的明朗而做出自以为是，甚至背离原意的解读。试看《诗》中最末两行：

　　残损的花萼从峡谷底部默默升起
　　充满每一页不可触及的茫茫岁月

　　诗中所指涉的自不是字面上的外延含义（extension）所能概括，实际上这两行诗所暗示是一颗荒凉的诗心，给人一种残破的沧桑感，捕捉到这种感受远比追索诗中的散文意义更为重要。

　　邱振中是书法家，尤精于草书，草书中充满了酣畅明快的节奏感与空间开阖自如的绘画感。因此，投射在他诗歌中的书法艺术特质极为显著，无须一一论述，倒是他的《公路两旁的树》这首诗我认为最能体现他的书法风格。此诗的建构堪称绝妙，全诗仅十七行，行行势如滔天的巨浪，又像一队队厮杀奔来的百万雄师，一连串动作一致而又严密紧扣的意象犹如一柄柄剔骨头的刀子，字字透出逼人的锋芒，几近张旭"变动如鬼神"的狂草，更有点像怀素醉后"奔蛇走虺""骤雨狂风"的笔风。如若不是浸淫书法日久，十分熟练地掌握了草书的技巧，"即兴地创造精彩的运动、线质与空间"（邱振中语），他不可能写出如此强劲有力而又灵动自如的诗句。

作为一个现代诗人，邱振中师法前贤，也有那"语不惊人死不休"的艺术追求的坚毅决心，不论是诗歌还是书法，创作时他尽可能全面调动潜在的超魔力，把想象力发挥到极致。他深知，语言是他最大的敌人，也是他唯一凭借的武器，他野心勃勃地运用各种手段，企图克服语言的有限性，最终目的就是要去创造一个古往今来书法家与诗人所梦想的未知世界。

这就是邱振中。

二〇〇九年八月仲秋于温哥华

# 感受张堃诗歌之美（代序）

**油纸伞**

檐溜

把湿漉漉的心情

滴滴答答地

溶入多柳树的江南

我刚撑开的伞

却旋出一阵冷风

而后　在水巷尽头

在一座拱桥上

边走边听忽远忽近的笛声

竟不意涉水踏入

一册阴森的聊斋中

　　黄昏时，在北美辽阔而苍茫的天空下，一面漫步，一面默诵张堃这首《油纸伞》，我骤然感到一丝难以言说的凄凉和朦胧美的画境，以古典的意象渲染出现代人的惆怅，一种说不清楚的、出尘的空寂感。

　　其实，张堃的诗大多情感内敛，意味蕴藉，笔下不黏不滞、不温不火，既不像内地某些叙事诗那么直接僵硬，也没有"后现代"那么乖张怪诞。他写生活、写游踪、写生命感悟，最平常不过的题材，但呈现在诗中的绝不是浮光掠影的表层现实，而语言策略则采日常口语，偶尔夹杂一些典雅的书面语言，因而产生一种和谐的节奏,一种纯粹之美的艺术感染力。

在《创世纪》诗群的同仁中,张堃属于不老不嫩的"中生代",但他出道甚早,已有三十多年的诗龄,他不求闻达,也没有什么惊人的创作企图和在诗坛扬名立万的野心,既不像老一辈的"现代派",撑着大旗,冲锋陷阵,主张这个、反对那个;也不像那怪异的"后现代"兴风作浪,走解构与颠覆的偏锋。他一向游离于各种潮流和圈子之外,虽是《创世纪》的同仁,且与其核心人物过从甚密,但当《创世纪》在创造自己独特的风格,一直维持前卫激进、独领风骚的路线时,他居然不粘锅,冷眼旁观,超然独步,营造了一个属于自己的抒情小宇宙。中年移居美国之后,迫于生计,诗的减产乃意料中事,可是他从未轻言放弃,这个集子近百首长短不一的作品,大部分都是他寄居圣荷西时,于百忙中从时间夹缝挣扎而出的心血之作。

张堃移民美国之前,我们在台北虽偶尔在《创世纪》的聚会上握手言欢,互问寒暖,但平日只是君子之交,互动较少。自我于一九九六年移居温哥华之后,他倒频频眷顾我这"老哥",经常来电话致意、聊天。一九九八年四月间,寓居美国旧金山湾区的诗人马朗兄来温哥华参加一项品酒会议,我曾设家宴款待,并赠加拿大特产熏鲑鱼一盒,另一盒则托他带给与他时有过从的张堃。这只是所谓的"礼轻情意重"的一般礼貌性馈赠,但张堃收到后颇为珍视,不但独饮红酒,佐以我赠的熏鲑鱼,且灵感横空而来,当下即写成一首《赠鱼——寄洛夫》,诗分两节,现抄录第一节如下:

还以为

寄来的是

一册诗集

不料却捎来温哥华外海的

一抹晚霞

还以为

仅仅落日余晖

就够我遐思一番了

哪里想到又多了些

浪涛的节拍，以及

迟归渔人

押着尾韵的返航歌

难道

寄来的是

一卷装满潮汐的录音带？

打开才知道

那是维多利亚海湾

带着加拿大腔调的涛声

　　不管出于个人的主观品位或客观的美学认知，我都得毫不避讳地承认，这是一首不可多得的好诗，其妙处有三：其一，迂回曲达，旁推侧敲，意在书外的表现手法，标题明写"赠鱼"，全诗三十行，但通篇却不见一个鱼字，而赠鱼与受鱼的温馨之情，却委婉而生动地出入于各个绚美缤纷的意象中。其二，从实相中展现空灵，这一节共十八行，编组成一系列具体而鲜活的意象，诸如"一抹晚霞""落日余晖""浪涛的节拍""押着尾韵的返航歌""一卷装满潮汐的录音带""带着加拿大腔调的涛声"等等，一路读下来，只见满纸云霞，涛声盈耳，结果"过尽千帆皆不是"，极尽吊诡之能事，却让读者充分感受到一种出之想象的诗性妙悟，一片只可由心灵感应到的空灵之美。其三，节奏明快，音乐性甚强，全诗朗诵起来，顿挫有致，韵味全出，视觉意象与听觉意象做了完美的配合。

　　此外，我还要点出张堃诗的另一项特色：他某些作品特别表现出人情的温馨，使我们从那红尘滚滚的人间烟火中发现平凡世俗的可爱，这主要由于他善于运用冷处理的手法来过滤激情，撇去清水面上的浮言滥词，最终获致"化腐朽为神奇"的艺术效果。

　　　　　　　　　　　　　　二〇〇七年八月写于温哥华雪楼

# 力荐黄克全诗集《两百个玩笑》

在台湾文坛，黄克全可称得上是一位全方位的作家，小说、诗、散文、评论，无所不能，无一不精，且都有著作问世，成绩斐然。近来，他花了大量时间和心血，写了一部《两百个玩笑》的诗集，嘱我作序，际此晚年，灵思室滞，我已久不为人写序，但这次我还是欣然应命。

黄克全出生于金门，而战争成就了我与金门的特殊因缘，这是众所周知的事，细节就不赘述了。金门是奇绝之岛，有高粱美酒之醉，炮弹菜刀之利，文人艺术家之绝，而作家中黄克全、张国治、杨树清、吴钧尧等更是绝中之绝。我与他们是忘年之交，时有过从，其中唯独与黄克全相识较晚，但之前我已读过他的诗，尤其他在某诗刊发表的一首题为《猛虎》的诗，印象深刻，余味无穷，只是诗句已不复记忆。后又读到他一首《铅笔》的咏物诗，一开头就出手不凡："一支铅笔站在那里／等待刀刃"，而结尾"既生为一支铅笔／必须等待／刀刃／痛苦的意识"则提供了一个"痛苦乃人生之不可免"的暗示，既富哲理，又具佛心，令人沉思不已。

细读这部《两百个玩笑》的诗集之后，震惊之极，沉痛之极，这可不是玩笑，甚至不是一般赏心悦目的诗，而是为那些遭时代及命运嘲弄的老兵所写的控诉书。人生何其荒谬，上天对一群老兵的命运所开的玩笑，谁又有此权柄有此能力为他们千古之冤平反？然而，最后掌握语言的诗性与神性的诗人站了出来，凛然面对生命的无常与宿命的无奈这个终极主题，以冷隽动人的意象编织了一部时代的悲剧，一部向命运呛声的史诗。

从诗歌艺术的制高点来看，黄克全这部诗集即便不是惊世之作，但也说得上是一部意义非凡的创作，其独创性不仅在于其题材之特殊，更在于其意象之诡奇，而这两者又不都是一般诗人所能处理的。

这是一个诗化的传奇，实际上是一部在战争年代，以炮火硝烟的惊心、断臂残肢的动魄和一些莫名其妙的死亡所铺陈的荒诞悲剧。但对大多数的人来说，这群老兵只是大时代的小人物，所以诗人笔下的个案，就像街市巷道流传的小小故事，虽然悲哀，却无足轻重。这是人生的悲哀，也只有诗人能感到这种荒谬。

这两百首小诗形式上或可称之为"小叙事诗"，但就诗质而言，又与时下中国内地流行的"叙事诗"大相径庭。他们拒绝隐喻，排斥抒情，他们写的叙事诗出之以口语，通篇大白话，粗糙而松散，而黄克全的"小叙事诗"，则语气张力十足、意象精练，象征含意丰富，言之有物，而语法与句构大多别出心裁，极富创意。有些诗是在叙事，有些是借用电影蒙太奇手法，有些像写小说，例如《第7个玩笑》，更多的是通过老兵的故事，在写诗人自己对荒谬人生的惊悟和抗议，其中许多悖逆的情境，实令人发指，且迷惑不解，最令人震撼的莫过于某些年轻士兵竟然遭到自己人活埋。这种酷刑尽管在当时有所谓《惩治罪谍条例》之类的恶法可循，但在诗人眼中，残暴就是残暴，悲悯就是悲悯，命运纵然难测，人总归是人，"无我相，无人相，无寿者相，无众生相，无法相，亦无非法相。"最后残暴也好，悲悯也罢，全都在诗人笔下化为一行行暖暖的诗句，化为一种和谐的秩序，一种永恒之美。试看《第23个玩笑》：

云端的百灵鸟在说些什么呀？
这世界太荒凉了，一如沙漠
他们决定把自己栽下去
天边打起响雷，却依旧不雨
只好用自己的泪当水浇

他们把自己栽种下去的时候

许多斧头都唱起歌来

许多圆锹十字镐和着音

半空中云雀在说些什么呀?

诗的内在生命就是一种庄严而崇高的精神,近乎神性,这是任何诗人不可或缺的人格品质,不过庄严与崇高有时可以借由各种面貌呈现,如讽喻,如嬉笑怒骂,如严词批评,如无言哀叹,这还真不好写,比如以上这首诗,既不能与故事太贴近,而把"活埋"这一事件写得过于直接,惨状历历。诗是生活的升华,现实的调整,升华与调整的结果必然要达到一种"庄严而崇高"的高度。这一点黄克全处理得很好,他把悲情藏在意象中,有深情而无激情,尤其最后以"半空中云雀在说些什么呀"!如此轻快的结尾,看似意外,实际上起到纾解悲剧中紧张情绪的作用。

由于题材的特殊性,阅读《两百个玩笑》的方式自然也与一般的解读方式不同。每首诗都附有一个小传,读诗时免不了会对号入座,但与小传中的事件又不能一一对照,读《两百个玩笑》可能有两种方式:一是先谈小传再读诗,因为先了解事件有助于对整个诗意的把握;缺点是,诗的解读不免受到故事的限制,以致影响读者想象空间的延伸。二是先读诗,再读小传,因为诗的文本毕竟是欣赏的主体,但如不借助于事件的解说,诗中的意象就会感到很虚,不仅读不出完整的涵义,也看不出这些诗的时代性与历史意义。

集子里的有些诗其实独立性很强,其意象大多是自身具足的,没有小传的说明,照样可以具有诗本身那种无需外在因素支持的张力,诗的展开正是故事的展开,同时也是故事的消失,这是诗的特性,当然也是诗人功力的表现。

在特殊的时空背景下所发生的特殊事件,为黄克全争取到对时代与历史的解释权。他以血泪的意象为一群老兵立碑,以动人的词语为他们作传。他以富于"庄严而崇高"的精神写出了这部空前的诗集，足以使他对人生和世界的发言权提高了强度。

《两百个玩笑》真是笑话吗？不错，荒唐者必然可笑，历史的锦袍里多的是吸血的虱子。

二〇〇六年八月于温哥华

# 丁文智诗集《花　也不全然开在春季》

　　三年前，丁文智出了一部与时间对话的诗集。时间对他似乎不是壁上的时钟，头上的白发或离人手中挥动的手帕，而是他口袋中叮当作响的小铜钱，数不数都是那么多，然而他一分也没浪费。说他焚膏继晷，矻矻终日，未免有点夸张，但其创作之勤的确惊人，三年内又快速地交出一张傲人的成绩单：一部包含六十九首新作命名为《花　也不全然开在春季》的集子。这不能不令人瞠目结舌，且兴起一股敬意掺和些许妒意的情绪反应。

　　在读过他前一本诗集《能停一停吗，我说时间》之后，我忍不住想说的一句话是：在台湾诗坛上，丁文智才是"出土文物"中最出彩的一位。此话怎讲，综观超过半个世纪的台湾现代诗生态演变史，我们发现其中固然有些自始坚持由青丝写成白发仍创作不懈的诗人，但也有不少人半途金盆洗手、绝尘而去，从此没入人间烟云。但不知何时，有人如土拨鼠突然冒出地面，再度跃入诗人群落，我称他们为"出土文物"，且对他们的重新归队极表赞许敬佩，但遗憾的是，多半出土后不久，冒了几个气泡又一头栽回土中，不知所终。有几位也偶尔露两手，只因水平未能达到原有的高度，自知难以为继，便终于放弃。而其中丁文智则为一异数：他出道诗坛最早，一九五六年就参加过纪弦的"现代派"，诗资不为不老，但不久后改写小说，一写就是三十年。自军旅退休后又开始重拾诗笔，开创他文学生涯的第二高峰。"出土"后的丁文智诗艺大进，虽是伏枥老骥，诗心之热，创作力之强，犹胜当年。他近年写作之勤，似乎有意要将长期缺席的诗歌未竟之业弥补过来，而最重要的还是他

对诗的执着和自信, 这在《给自己》一诗中表露无遗, 警句有:

自快要蹉跎光了的岁月重新起脚吧

不必怕嫌晚, 因为花

也不全然开在春季

可不是, 梅花的尊贵不在它黄昏时的暗香浮动, 而在它迎向寒冬, 越冷越开得热闹有劲的晚晴精神, 这正应和了李商隐的诗句 "天意怜幽草, 人间重晚晴" 与台湾诗坛一句名言 "看谁老得漂亮"。从《给自己》这首诗, 还可看出丁文智那种顺其自然, 不忮不求的隐退心态, 如最后三行:

若当真走出既定就能找到璀璨人生

那　何不把自己飘成一朵云

把美好未来　托付天空

这倒有点像渊明先生 "聊乘化以归尽, 乐夫天命复奚疑" 的那副达人的胸襟。

布罗茨基有句名言说: "面对历史中的异化力量, 面对时间无情的遗忘本能, 诗人最根本的职责就是把诗写好。" 这谈何容易, 但诗人的失职却是很明显的——不是把诗写成难以卒读的散文, 便是把诗写成难以解读的心灵符码, 长于表现而失之于传达。许多诗人写诗一不小心便会脱链, 对语言与意象失去自控的能力, 于是诗境变得云笼雾罩, 不知所云。诗的外在意象与内在意蕴之间的距离不宜大而无度。当然, 语言的行进轨道有时是直线, 有时是虚线; 有时是走路, 有时是跳舞。诗境之所以不黏不滞, 能超越, 能空灵, 更能味长而意远, 我认为偶尔的 "松链" 也有其必要。丁文智的诗大体上结构严实, 诗行之间, 意象之间, 有一种非逻辑的逻辑把它们紧紧地链接在一起。读他的诗只要瞄上一眼, 便有一种力量把你从第一个字推到最后一个字。他的若干作品仍沿袭固有的"言志"诗学理念与书写方式,言为心声,无不言之有物,发挥了叙事功能,但表现手法又非写实,故读来既感生动真切,现实感很浓,却又不缺由诗性语言所生发的艺术感染力。

在诗歌艺术的另一个向度上,丁文智也有一些语言飞动而意境空灵的小品,读之余味无穷,如《春》《渴》《问号》《窗小树》《锁与钥匙的对话》《梦之外》等。试看《春》这首小诗的第二节:

至于
梦的图样
就留给燕子去剪吧

构成这个意象的词语十分简单,形象却极为鲜活,作为一个暗喻,其内在意蕴之丰富则远远超过了词语所能承载的。这样的诗句诚如古人所说:"写难状之景,仍含不尽之意,婉转悠扬,方得温柔敦厚之遗旨耳。"丁文智这类小诗很有味道,而这种"味",其实就是出之于现代手法与古典情趣的有机融合。

我曾把我们大中国的文化传统归为四类:一是自清代上溯先秦的传统,二是"五四"传统,三是内地的延安与"文革"传统,四是台湾传统。台湾文化传统的特色即在现代意识与古典精神的交相融合,密切结合,从语言角度而言,那就是口语和书面语的适度调配,其功效则可见之于对语言表达方式的多变以及语言典雅质量的提升。

内地某些诗人对台湾诗的语言风格颇不适应,认为有"五四"遗风,其实非也。"五四"文学对台湾现代文学写作的影响甚微;一九四九年后台湾知识分子对中华固有文化的传承远比中国内地来得深厚。内地诗人普遍都在毛式语言与鲁迅文体之下成长,口语成为言说的主调,因而也使当下的叙事诗变成粗俗的散文。台湾诗人大都在养成教育中即受到古典文学的熏陶,书写文体的文白交杂已成为我们这一代诗人的阅读经验和书写习惯,关键在于

"交杂"的适度性以及如何使这种"交杂"质变为一种超越工具性的审美客体,而这个审美客体的伟大创造者首先是诗人。

台湾诗人中最善于在作品中使用口语的是纪弦,却偶尔也会穿插一两句文言句式。关于处理口语与书面语的适度搭配,并非人人都能有效掌控,有的拿捏失当,读来不免有夹生之感。善于驯服"文""白"这两种相克而又相成的文体,使诗本身达到一个雅致而和谐的美学平衡点的诗人,要者有周梦蝶、余光中、丁文智、方明、菩提等,其中丁文智对口语与书面语的平衡处理,可说是恰到好处,大大提升了他诗的节奏美,例如《时间》一诗中有这样的句子:

一不留神
就被脱困而去
单单留下
言无语走无痕
一壁之钟的叮叮当当

不仅颇得诗意凝聚之理,言辞典雅之趣,如通过朗诵,就更能引发一种特殊的音韵之美。再如《芒》诗的最后两节:

而我却站在时间棱线上以冷眼观看
老了的秋　是怎样在日暮途穷中
一点一滴
融进了未雪而雪的那片芒之茫白后
我不禁自问

现在该感伤的是彤云
还是萧条了的山色

　　这正是丁文智最经典的文白交错拿捏得最好的例子，这样的处理不但能产生意象精致、意涵丰富的效果，而且诗句的时长时短表现出情感的一放一收，大大增加了文字错落有致的声韵之美。我曾试着以朗读来体会这几句诗的意境，当念完"我不禁自问"，然后稍停片刻，再念"现在该感伤的是彤云／还是萧条了的山色"，乍然感到一股苍凉的悲情破纸而出。因此，我认为丁文智一项特殊的诗歌美德，即在善于把死的文字变活，把活了的文字塑造成一种富于艺术魅力的审美客体——诗。

二〇〇九年六月于温哥华

## 由茧而蝶的诗性生态
### ——序徐瑞诗画集《女心——温柔与野性》

　　台湾的女性诗人自来不多，身兼诗人与画家的跨行女诗人则少之又少，而诗心与画意二者都郁郁勃发，虽作为载体的形式各异，但优质而感人的艺术审美客体都表现了独特的个性，创造出独此一家品牌的女性艺术家，尤为凤毛麟角，于是徐瑞的出场也就很自然地成为诗坛与画界一个炫目的亮点。

　　不论身为诗人还是画家，其实徐瑞艺术生命的构成颇为单纯，从形式而言更是如此，诗是短小的抒情诗，而画只有一种主体——猫，即便猫的鬓角戴上一朵玫瑰或牡丹，那也是一个意在言外的隐喻，一个暧昧的暗示，正如徐瑞自己在《创作自述》中所言，她的艺术主题，也就是她的内在世界，正是那种矛盾对应，激起冲突而又安然共存的"温柔与野性"。她画笔下的猫，貌似温驯而目光中却放射出慑人的野性，她的诗当然不全是为配合画意而写，但"温柔与野性"不也正是她诗中若隐若现暗藏在语词背后的特殊秉性？

　　徐瑞诗的基调是抒情，也是自我隐秘的内心状态的揭示，她笔下的情不是表层的浪漫之情或梦幻式的喃喃自语，而是一种含蓄蕴藉的深情表达。诗是最能张扬个性的文体，也是一个诗人最本真的非任何世俗力量所能攻克的精神堡垒。从一个女性写作的角度来说，我相信她更关心个人的生命体验以及向内渗透的诗歌经验，从心灵深处去寻求一种安顿力量，一种对情感和生命奥义的探索与参悟。试看徐瑞这首《白玫瑰》：

白玫瑰的守候／凝为冷香／／无风也无雨／／怎一个静字／能消解心中／蝶之飞舞

　　这首小诗透露了一个信息——希冀纯白的形体凝为"冷香"的本质，一种心情——一切相安无事的静谧，一种境界——将潜意识深处欲念的骚动通过美化了的"蝶之飞舞"的意象而得到克制与消解。可是我也读出这首诗的另一面，我似乎看到诗人静静地蜷伏在玫瑰的花蕊中，拥抱着她的是一种称之为"冷香"的精灵，但也像一个茧，其中深深藏有一只蠕蠕而动的毛毛虫，随时准备破茧而出，化为一只翩翩飞舞的彩蝶。可是我的另一种感性解读，我把诗人的内心的烦躁与骚动加以诗化，升华为充满生机美好的理想境界。

　　徐瑞在《创作自述》中有鲜明而深刻的陈述，她以猫作为现代女性的象征，其特性可归纳为：处世不顺引发的孤寂，自我定位的游移，蠢蠢欲动的野心、野性，纠结不清的情欲以及年华逝去的感伤等。当然，这些不仅仅是身为诗人与画家的徐瑞个人的创作因素，也是这个时代女性所具有普遍性的精神状态。徐瑞有一首题为《爵士乐》的诗，就很能说明她的诗心与画情，比如其中有这么四行：

猫的慵懒

云的舒卷

还有一些些

鹰的孤寂

　　爵士乐的旋律与曲风非但表现出诗人的情感律动，而且更展露了她内心的孤寂和感伤，一种只有向西风诉说的秋叶飘零的感伤。

　　"情欲的纠结"可以说是研究现代文学不可避免的话题，张爱玲的《色·戒》与近期的《小团圆》是爆炸式的情欲，"除却巫山不是云"是诗化了的意淫式的情欲。情与欲是性的一体两面，情是显性的欲，欲是隐性的情，二者往往纠缠不清，难以分辨。徐瑞画笔下的猫不难看出它内心强烈的情欲冲动，只是被它外在的温柔所掩蔽，所淡化。至于她的诗，至少有两首或显或隐地突出了性的意象。一首是《不应有恨》："以裸的姿态离去/悄悄地//微风吹走的彩云/一样不回首"，诗中显然有故事，但情节只能以想象去建构。就诗论诗，我认为她把性处理得既含蓄、冷静，又有一种情欲升华为灵性作用的一首诗，要算是《焚过的温柔》了。这首诗的含义给出了三种诠释：

情爱过火后之温柔较妩媚？
沧桑历练后之温柔更入味？
还是来世的温柔最纯净？

依我看，当然第一种诠释更接近弗洛伊德的性心理分析。为了消除读者胡乱的猜疑与引申，更为了提升抒情质量的高度，最后四行的语境美妙地转了个身，化为凤凰涅槃式的，将世俗的情欲炼狱之火，净化为"一朵雪白的牡丹"高洁的精神境界，一种纯粹的审美经验。

尽管徐瑞有着诸多情绪与精神的困扰，尽管在时间的催逼下不免有年华入秋的感伤，以及面对喧嚣尘世自我却必须保持清醒时的孤寂，但对一个诗人而言，其实这些毋宁是正常的情感反应，甚至可以说是诗与绘画创作必要的一种触摸，借以把愁苦化为超越的艺术心境。比如《秋了》一诗，"落一片/醉了的叶/伴我渡秋//连同/骚动的心事/也转为酡红"，从中我们可以读出一种成熟后由骚动沉淀为宁静，由悲秋转化为充实的美。

严羽所谓"诗要具正法眼，悟第一义"，这是掌握诗歌本质最基本的认知，而"入神"更是诗创作的重要法门，入神才能产生令人意远、心旷神怡的境界，才能迈进生命的本真，找到自我在万物中的位置。读徐瑞的诗，我每每在郁郁的闲愁与情欲的挣扎中看到一些敞亮的窗口，一些说得十分简略的小诗，却又含有不尽之意，一种入神得近乎禅的机锋，例如仅有三行的《空》：

最悲的时候
却大笑起来

吐一串泡沫

　　"最悲"与"大笑"有着两极的情绪落差与本质上的矛盾，这种情绪反射既不能引申出知性的体验，也生发不出感性的诗意，仅此两句可说毫无意义，然而，无意中偶发性地冒出一串空虚无物微不足道的泡沫，却成了化解这一矛盾的力量，使人突然警悟：浮生也不过只是一串泡沫，其中的禅意也就不言自明了。从诗的角度来看，就这么个简单的泡沫气象，不但产生了戏剧性的张力，也构成了一个玄奥的空灵世界。

　　这就是徐瑞的魅力，观赏她的画，更须读她的诗。

# 让诗回到最初
## ——序张国治诗集《岁月彩笔》

　　张国治身为高等艺术学府的教授或可归类为学者型诗人。台湾不乏这类诗人，但大多勤于学术专业之钻研、出入学院、鲜受人间烟火之熏灼，故称"书斋诗人"，也可说是王国维眼中的"主观诗人"，其特征在于少阅世，阅世愈浅则性情愈真，这是往好处说，而另一说法则是缺少人生经验，格调不免流于浅薄。至于张国治，既具学术专业的修养，又有淳厚的真性情，再加以出生于时空背景特殊的金门，经历过在硝烟战火中面临死亡的悲剧经验，作为一个诗人，他的确有着许多诗人难以企及的精神资源优势。

　　国治禀性热情浪漫，却又内敛，秉性温驯甚至有点腼腆，感觉特别敏锐，颇有诗人特具的灵视与慧心。概括来说，他是一位有着深沉生命体验、积极追求美善境界的诗人。我之所以对他有如此的认识，完全能从他诗中揣摸出来。其实我们相识较晚，过从并不密切，可谓是细水长流的君子之交。这次他的诗作结集出版，嘱我为序，可能就是由于在这异化的消费观念膨胀而价值意识下滑的时代，我和他都有着相同的人生体验与信念以及对诗歌精神追求的执着与坚持。

　　诗人纵然秉性不同，风格殊异，但都会有一种或隐或显、或强或弱的使命意识，张国治的使命意识十分经典，具有普世意义。他在一首诗中如此宣示：

　　玩耍与游戏

革命与真理

诗人与朋友展开永恒的拉锯战

捍卫逐渐萎缩的灵魂


其实，这种言说乃出自一种向来有之的传统心态，却也符合现代诉求，充分说明了作为一个诗人的意义。试想：我们这日渐萎缩的灵魂，不靠纯净的只论价值不论价格的诗来捍卫，还有什么力量可依恃的？

张国治可说是一位至情至性的诗人，与他近距离接触，你会感到他周身弥漫着一股沉静儒雅之气，当然他也不乏落寞、狷介，有时甚至傲岸的诗人性格，但他的心性更多地凸显在深沉的爱和悲悯上，而这些情怀几乎是铺天盖地地融入他的诗中。我曾想：一个人的生命价值不能以时间的长短来衡量，心中有诗有爱，瞬间即是永恒。这对张国治而言，绝非高调，证诸他的作品，丰富他内心世界的除了诗与爱，似乎别无他物。这个集子中佳作甚多，但扣人心弦、动人肺腑的要算那些调动激情作深度倾诉的作品，有对父母、子女、亲友们的系念，有对故土乡情眷恋，有对现实尘世的拥抱，有对都市边缘人的同情，也有对两岸文化与政治生态的关怀，其中多首为亡故双亲写的悼念诗尤为感人，真可说是不见血泪却满纸哀伤，试看这首祭亡父的《清明的诗》，这首诗有一个核心象征，那就是"落日"，由"落日从金门的木麻黄背后降落"开篇，接着整首诗便在散文语言营造的时淡时浓、时松时紧的张力中娓娓道来，铺展开一幅亲子间无限的孺慕之情的画面，结尾呈现的仍是这个象征死亡的落日意象：


这时，落日向西沉没

往尚义机场的波音飞机

轰隆作响，机身划过

天际，留下淡淡的长烟

　　这是四两拨千斤的高明手法，把思念亡母的深情，寄托于琐琐碎碎的表述中，把内心的悲恸与长长的哀叹，化作一缕淡淡的长烟，读来情真意远，余味无穷。

　　张国治抒发深情的精彩之作，除了思亲的题材之外，还有对现实生活亲切生动的描述。这类作品里充沛着人性温情，使我们从红尘滚滚的人间感觉到平凡世俗的可爱可恋，这主要有赖于他那冷处理的手法，把诗提升为一种超现实的内在真实，达到了化腐朽为神奇的艺术效果。我发现，他对都市人的生存状态和内心世界的思考，特别着重在揭示都市这个巨兽对人产生的负面影响，尤其是心灵的畸变、人性的异化。就语言风格而言，这些诗既不像写实主义那么直接僵硬，也没有后现代主义那么轻浮怪诞。采用的虽是平凡不过的题材，但绝不只是浮光掠影的表层现实，虽是日常生活语言的书写，但意象的塑造与结构的处理却很新、很现代，在高浓度的诗质中经营出辽阔的想象空间，高而不空，扎扎实实的诗行中又有不时可见的灵光闪烁，令人神驰。比如《戳记——纪念九二一震灾》这首诗，以一连串"戳入"的动作把灾祸苦难深深地打进了读者的心灵，读来沉痛之极。另一首《遗书》更是别出心裁，它舍弃了情感的热烈倾诉，得免于沦为滥情之作，舍弃了抽象论述，得免于空泛之讥。全诗十二节，每节三行，每行都以"他们留下……"开头，语式看似机械，却因后面意象的生动流转而显得内涵丰富，诗意沛然。

　　如要我从这个集子里选出一首最能代表张国治风格的佳作，毫不犹豫地我会选中《为生活的诗写序与跋》。这是一首自传性的精神史诗，一个诗人的心灵图谱，标示出一个使命意识很强的诗人一生苦心孤诣的追求。本质上这首诗结构严谨，极富诗性的质感，营造出一个广度、硬度、深度三者俱备的意象世界，借用沈奇的话来说，这首诗"既是一次新奇而独特的灵魂事件的震撼，也是一次新奇而独特的语言事件的震撼"。在第一首中，诗人就已犀利地、披肝沥胆地剥裂自己，以近乎惨烈的语气剖析了血泪交迸的创作心路历程：

......

你明净凝神地解剖着自己

在许多寥落忧伤的夜里

充满摧毁和建设的体验

努力书写生活小小的眉批

冷肃的折入岁月的典籍

或让一把深藏的小刀

锐利划过素净的白纸

留下生活的泪和轻轻的血

张国治这首《为生活的诗写序与跋》，迄至目前可能是他最具创意也最重要的一首诗，它融合了超越时空的想象与现实风格，情感激越真切，语风汪洋恣肆，而诗人的内心世界是如此的坚毅笃实，却又对现实世界反射出虚妄与焦虑的情绪，但主要仍在它透过一系列冷隽的意象，表现出诗人特有的人文素质和对现实的逼视与关怀。我认为这才是这首诗的核心价值。

诗中曾多次强调："我是不被分类的。"于是张国治说：

但我努力为生命披上彩衣

我将俯首回归

让诗回到最初的信仰

这是一个诗人衷心地倾诉祈愿。其实在现实中，今天诗之不合时宜，且在诗人本身蓄意偏离正道和物质化的客观现实的双重压力下，诗已无奈地显然步上边缘化的命运。这恐怕不只是张国治一人的痛处，也是所有诗人强烈感受到的疏离危机。我一直相信，一位严肃意义下的诗人是不必过于气馁的，他不随波逐流向大众俗文化妥协是理所当然之事，所以首先他必须认识并切实掌握诗的本质以及在美学上的意义与价值，进而寻回那日渐失落的对诗美的信仰，然后如张国治所言："努力为生命披上彩衣"，以"捕捉生命的奥义"。这点极为重要，但今天又有几多诗人能有如此深刻的自觉呢？

为了守护心中的爱与诗这两个原始图腾，千万别放弃自己的梦。

二〇一一年仲夏八月于温哥华

# 精准·周延·典雅

## ——《沈奇诗学论集》卷之序

在为数不多却品质优良、研究台湾现代诗卓然有成的中国内地诗评家中，我认识的有刘登翰、任洪渊、陈仲义、李元洛、龙彼德、陶堡玺、章亚昕、沈奇等人，其中有的长于宏观观照的理论把握，有的专注于探幽析微的个别评述，而沈奇则两者兼擅，所述、所评、所论，无不精深独到，相当杰出。

沈奇与台湾诗坛的因缘甚厚，十多年来，和不少台湾诗人保持密切联系和真诚友谊，并曾应邀赴台参访讲学，其间还亲身经历了一次百年罕见的大地震。他对台湾现代诗的研究与评论，涉猎颇广，并能有机地将其纳入两岸诗学比较中予以梳理深化，迄今已先后在台湾尔雅出版社、三民书局出版《台湾诗人散论》《拒绝与再造——两岸现代汉诗论评》两部专著及多部编选，并在内地率先编选出版了《台湾诗论精华》《九十年代台湾诗选》，形成广泛影响，最近将向诗界推出的三卷本《沈奇诗学论集》之第三卷《台湾诗人论评》，更是一次总结性的亮相。

沈奇对台湾现代诗的观察与评价，当然不仅出于情感因素，更不是自居中心，站在高处俯视彼岸的那种非理性的优越心态，而是以对等的、超然的、专业性的眼光来看待台湾现代诗，并客观地确认其在大中国新诗版图上应有的历史地位。在一篇我和他的对话录中，我们曾极其严肃地讨论到这个问题。他的一些意见我认为至关重要，因为他提出的问题，一般台湾诗人因"不识庐山真面目，只缘身在此山中"而从未加以省察深思，我则开始一惊，继而深有所感，恍然大悟。他首先提到我在二十世纪八十年代中期曾提出"建立大中国诗观"这一命题，而这一命题涉及了百年中国新诗的历史书写、版图梳理和对台湾与海外华文诗歌重新定位等大问题。沈奇认为台湾第一代诗人（一九四九年赴台，如笔者等）恐怕从来就不乐意被"历史老人"认领为"台湾诗人"。他说："台湾诗人本来就是中国诗人，一脉相承的大版图中一个特殊的板块而已，可长期以来两岸一直各自为政，各自以我为主为重。本来内地诗坛应更主动些，却一直在各种的历史书写框架中，屡屡将台湾与海外诗歌单列，不予整合，成为症结，困扰至今。"同时，他又提到一个同样被一般人所忽略的观察，这就是，"台湾这块土地，这段双重放逐的特殊经验，造就了一批杰出的重要诗人，也造就了一段相当悲壮的诗歌历程，有它与这块土地和这个时代血肉相连的体验与记忆，因此而骄傲与自豪，便也难免常有独书历史又何尝不可的情结。"事实的确如此，这可说是具有强烈意识形态与岛国心态的部分台湾诗人的一块血痂，尤其近年，在"去中国化"的政治符咒蛊惑之下，他们对能否纳入中国新诗的历史版图毫不在意，而他们所谓的"骄傲与自豪"，并不是建立在诗艺的高超、作品的成就上，而是建立在与诗无关的"本土性"和"主体性"的狂热追求上。其实，百年来的中国新诗历史，从来没有与政治撇清关系，新诗的历史定位，将来势必取决于不同意识形态下的历史书写者的解释权。不过，这对一向怀抱"大中国诗观"的我来说，不能说不是严重的历史错位和难以释怀的内忧。

沈奇对台湾现代诗研究的另一创见，是他的新诗"三大板块"论，并在论及台湾现代诗这一板块时说："这是在特定的历史时空下中国新诗的一次特殊繁荣期，因政治困扰而偏离正常发展渐趋萎滞的新诗进程，在这里得到良好的承传和拓展，使这一板块成为一个具有特殊意义的存在。"在整个中国尚处于政治意识形态主导的大背景下，这一定位之论，堪称空谷足音，弥补了历史的缺憾。

沈奇最早接触台湾现代诗，缘于与《创世纪》诗社和其诗人们的结识。他的这部论集的卷三为"台湾诗人论评"，其中被论述的诗人近半数是《创世纪》的同仁，而另外四篇宏观论述中，就有两篇是在《创世纪》上发表的，四篇的内容也多与《创世纪》有关。如此情有独钟,依我所见,还是他对《创世纪》的开放性、独创性、纯粹性和批判精神所融会的独特风格的认同,尤其看重《创世纪》诗人们半个世纪来,为创造中国现代诗与拓展现代诗学锲而不舍、坚持不懈的精神,以及其代表诗人在整个现代汉诗领域的突出表现和耀眼成就。这一点,沈奇在《"回家"或"创造历史"——〈创世纪〉创刊五十周年感言》一文中说得更为明确而肯定:"在这一板块中(指台湾现代诗),始终起着重要支撑和强大推动作用的,正是历经五十年风云而越发高标独树的《创世纪》诗刊,且最终成为这一板块的重心、坐标与方向,成为新诗近百年历史最为珍贵的遗产,且在新的时空下,生发出新的意义和价值。"进而指认,"这是一个奇迹——一群渴望'回家'而不得的人,将诗的创作化为持之一生的'回家的路',并由此浓重改写了中国新诗的历史,创造了这一历史进程中最为壮观而特殊的篇章。"以一个《创世纪》的创办人、长期总编及永远的同仁立场来说,我对沈奇透过独特观察力、高度诗学修养和专业眼光,所给予《创世纪》的溢美之辞,完全可以了无愧怍地接受而深感欣慰。

我一直认为,在当代中国诗坛,沈奇的诗歌评论可谓当行出色,其立论之精准、推理之周延、措辞之典雅,均属少见,尤其面对诗歌现实和诗歌文本时,从宏观到微观、从理论耙梳到个案评析,都能有效把握,精彩表述。所成文章,立场鲜明,态度诚恳,有担当,有情怀,言必中理,且不乏文采,好读有味,使我常想到古龙武侠小说中的那句话:

小李飞刀,

例不虚发。

二〇〇五年三月十四日于温哥华

# 爱，是我能听懂的唯一语言
## ——《汪文勤诗集》序

　　"爱，是我能听懂的唯一语言。"这是女诗人汪文勤一首诗中的句子，当我读过她寄来嘱我为这个集子写序的原稿时，忍不住想把这个句子改写为"诗，是我能听懂的汪文勤的唯一语言"。其实，如果要完全读懂一个人的诗，尤其是艺术感染力强而想象力丰富的诗，谈何容易。当然，我无意说，好诗就一定难懂，但如果说一首语言无味、意蕴浅薄的诗极可能不是一首好诗，想必有识之士定能接受。我一向认为，诗之不同于其他的文学类型，主要在于它异于流俗、风神独具的个人风格以及带有少许暧昧意味和陌生感的意象。这或许正是本质上诗不可尽解的原因，诗，毕竟是一个诗人的心灵密语。

　　以上只是个人对诗歌的偏见，并不是对汪文勤的诗做出定性的评述；我觉得她的某些诗如《胡杨：十二月》的确有着个人心灵密语的成分，但她大部分的诗是可感可懂，可以引起大多读者的心灵共鸣的，原因无他，只因她能听懂和能传达的语言正是具有普世价值的"爱"。

　　有人在评论二十世纪八十年代中国诗歌发展状况时说："……翟永明是从时代代言人的声音，过渡到一个女人的，翟永明个人的声音，这个变化非常重要，经过这个变化，她的诗从硬变得有一种柔韧性。"其实这一论点何尝不可适用于许多其他女诗人身上，但对二十世纪八十年代以后出道的汪文勤而言，就不一定适合，因为汪文勤的诗从来就不曾发出所谓"时代代言人"的声音，女性主义也从来不是她的诗歌诉求；她一开始即具有一种过人的"柔韧性"，她的柔，显然又不是中国传统女诗人那种婉约的、属于闺阁派的浪漫风情，而她的韧，更非那种"硬梆梆"的干涩风格。她的诗柔和而安静，却也有实质内涵令人思考的硬度、一种从生活中碰撞出来的感性与知性相互交织的诗性光辉，诸如《空中观想》《素描中国》《温哥华岛》《2006年的春天》《胡杨：十二月》等都可列为例证，其中《温哥华岛》一诗感性特强，作者的感觉功能发挥到极致，细腻到令人难以相信这是真实的存在，例如"月的呼吸／感动水／坚守着／以柔曼和碧绿"，再如：

图腾
把树从森林中捉出来
放进人群
同时把浣熊的妥协
和鹰的冷漠
融进玉米的长须

这首诗足以证明汪文勤确有超强的诗性敏感度以及善于驾驭感性的能力，笔下对事物形象的捕捉绝不止于表象，而是深入地渗透进事物的内在。

二十世纪八十年代以来，两岸的社会与人文环境开始转型，市场经济决定一切，全面影响了我们的生活内容与方式，同时也颠覆了传统的人文精神和价值观，人的精神生活日趋枯竭，因而导致了文学退潮，诗歌被逼到边缘，备受冷落。于是有人问我："在诗歌日渐被世俗社会遗弃的大环境中，是种什么力量使你坚持诗的创作数十年而不懈？"我毫不犹豫地回答说："我对文学有高度的洁癖。在我心中，诗绝对是神圣的，我从来不以市场的价格来衡量诗的价值。我更认为，写诗不只是一种写作行为，而更是一种价值的创造。"这是我对诗歌的绝对信念，也正是驱使我全心投入诗歌生涯数十年如一日的力量。我和汪文勤有着完全不同的现实际遇与人生旅程，但我们对诗歌价值的认知和对诗歌艺术的追求与信念，本质上是一致的，不过在这个集子的作品中，她更着重于"爱"这个主题的表述和阐发。

作为人，汪文勤集三个角色于一身：为人女、为人妇、为人母，但作为诗人，她却单纯得如山谷中的幽兰，远离尘嚣，低调而娴静，与她近距离接触时，你会感到一股柔情漫涌而来，举凡孤寂、傲岸、狷介等这类属于诗人的性格并不彰显于她，反之，她的心性更多地凸显在深情的爱和悲悯上，而这些几乎是铺天盖地地化在她的诗中。我曾想：一个人的生命意义并不能以时间的长短来衡量，只要心中有爱有诗，瞬间即是永恒。这对汪文勤来说，绝非高调，事实上她的内心世界除了诗与爱之外，几乎别无他物，如果还有别的什么，哪些也许只是一丝淡淡的、不易察觉的沧桑感以及惹人怜惜的哀伤神色。不过，诗人的眼睛毕竟是超现实的，汪文勤对"爱"的认知有时相当理性，在《记录天使》一诗中，她对"贞节牌坊"的价值是采取保留态度的。所谓"贞节牌坊"，无非是民族集体潜意识中的一个符号、一种象征、带有封建色彩的图腾。在诗人心中，爱本身就是贞节的，真爱是可以绕过贞洁、超越牌坊的。

在《感情生活》一诗中，汪文勤能感受到"爱人的动念"无处不在，且"自成气象"，这种气象便是：

只需微微一笑，
那边就春暖花开了。

她把爱的丰盈和轻柔，爱的动人魅力，写得如此举重若轻，又如此刻骨铭心，她的微微一笑虽透露一点点佛祖"拈花一笑"的玄机，但禅悟后面的"春暖花开"，自比海子那首《面朝大海，春暖花开》中的世俗祝愿，含意深刻多了，汪文勤这两句诗更能显示在参透了爱的本真之后所引发的人生体悟。

汪文勤对母爱的描述特别生动而深刻，尤其是《早年》与《捉迷藏》二诗，读来令人心弦震荡。她的内心有一方水土，不时牵引起童年美好的（有时也是酸楚的）记忆。读《早年》一诗时，我会不经意地把她幻想成一位在新疆草原、戴着花帽、扭着脖子在大风中曼妙起舞的维吾尔少女。至于她穿着

"让云胖胖地镶着边的，紫花苜蓿的衣裳"则是她早年苦难岁月中诗化了的人生。其实在这首诗中，作者已把一位温馨而又令人鼻酸的母亲形象，化成了一个含有普世意义的象征，不论在荒烟万里的塞外草原，还是在阡陌纵横的江南农村，母亲的形象都会清晰地在我们眼前显现，同时耳边也随即响起呼儿回家的"一排声浪／滚过草尖"，可是母亲早已亡故，这声声的呼唤，终成绝唱，且化为一缕炊烟远远飘去了天际。

　　汪文勤写母亲着墨最淡而又刻画最深的一首诗当属《捉迷藏》。她用了一个很俚俗的童稚标题，却调动了一些语字平实却十分鲜活的意象，整首诗看来像一首语义浅白的童诗，似乎是信手拈来，却有着由诗性张力维系的严谨结构。最后一节尤为精彩，诗人轻描淡写地把富于戏剧性的情节提升为一个无言而凄楚的幽远境界：

她说着
又把脸埋进风里

　　这结尾两行极为高明，以四两拨千斤的技巧，很潇洒地完成了一个沉重的主题的呈现，由此可见汪文勤诗歌艺术另一侧面的魅力。

## 陈铭华的小诗世界
### ——序《我的复制品》

在我的印象中，陈铭华一向以小诗取胜，这本《我的复制品》更是集小诗之大成，最小的一首《秋》只有两行，大多数都在十行以内。我所谓的"小"，意谓行数的少或诗体的小，但诗本身的容积量极大，以小喻大，以小我暗示大我，都是小诗的本色，陈铭华的小诗正具备这些特点。

就本质而言，抒情是中国诗的传统，就形式而言，小诗是中国诗的传统。中国古代诗人最善于经营小宇宙，如只有二十个字的五言绝句，既有写超越时空的大题材，如杜甫的《八阵图》："功盖三分国，名成八阵图。江流石不转，遗恨失吞吴。"也有透过特殊的场景，以表现个人与大自然的和谐关系，如孟浩然的《宿建德江》："移舟泊烟渚，日暮客愁新。野旷天低树，江清月近人。"其实古典小诗大多生发于一种纯粹的心灵感应，可以表现自然与人性的融会和交辉，可以在当下某一个切入口激起对生命的觉醒而捕捉到一种澄明的禅境，也可以拉近镜头摄取友朋之间的酬酢以及日常生活中的小趣味。

小诗的特征除了用字精简之外，其表现手法较侧重比兴，暗喻起了主要作用，象征的意义大于文字表面的意义。中国古典诗就像海绵似的，有着看不见的极大的含纳量，一首小诗就是一个完整丰沛、自身具足的世界。相形之下，语体新诗在结构上就松散多了，如要经营一首好诗，就必须在语言张力和意象处理上多下功夫。在这方面，我相信陈铭华必然有过一些审慎的思考与独特的体会，比如《去年桃花》这首六行小诗：

情人的唇
悲伤地烙在
你苍白的脸上

爱的焦味弥漫墓地
三月的天空
曾经有雾

这仿佛是一首悼亡诗，有点李商隐《无题》的暧昧味道，也教人想起"人面不知何处去，桃花依旧笑春风"的诗句。刻骨铭心的思念如吻一般"烙"在脸上，乃至可以闻到爱的"焦味"。这组意象集中而强烈，颇见功力，但爱情毕竟短暂，在墓地只见到三月的雾，让人感受到爱情失落后的迷惘。这最后两行留给读者极大的想象空间，余味无穷。

陈铭华有些诗善于营造某种气氛，使当下与历史、现实与梦幻、现代与古典、理性与浪漫等复杂情绪交织成火花四射、令人目不暇接的情境，因而产生一种戏剧性的张力，如仅仅三行的《流星雨》：

我的火箭要回航了
你的轻罗小扇扑得
几只流萤？

以呼啸而来的"火箭"和轻盈的"流萤"比拟为"流星雨"，两者在想象上已够夸张，而由现代科技的理性事件猝不及防地转到既古典而又浪漫的情境中，这种意象所唤起的情绪，其落差竟如此之大，因而产生的惊喜效果也是猝不及防的。

再如这首《秦淮河五行》：

> 乌衣巷口毛泽东题了一首刘禹锡的诗
> 从巷这头行到巷那头撞见李香君故居
> 朱雀桥边麦当劳和肯德基笑得很暧昧
> 小船绕遇状元楼专治性病的大字广告
> 夜泊的酒家赫然就在夫子庙出口一隅

这是一首后现代主义味道很浓的诗，看似文字游戏，却有着严肃的现实意义。诗中把刘禹锡《乌衣巷》的意象和目前南京秦淮河畔夫子庙一带的现实情景交错拼贴在一块，而产生一种极为辛辣的反讽意味。

晶莹剔透、具体鲜活的意象是一首小诗的要件，小诗的手法不再述说，而是以"无言"的意象来呈现某种情感或思维，以及对生命深刻的体悟。不过庞德（Ezra Pound）则另辟蹊径，他倡导的"意象主义"却只求独特而单一的意象呈现，最忌附会，排拒任何散文的意义，甚至认为连"象征"都没有必要，比如这首最具代表性而经常被引用的"意象派"小诗《巴黎地铁站》：

> 那些在人群中显现的脸
> 一片片在湿树枝上的花瓣

这不正是一幅无任何指涉，也没有什么言外之意的静物画吗？巧的是，我从《我的复制品》这个集子里也发现一些类似"意象派"的诗，我在此仅拈出一两首：

> 一叶当先默默回到大地
> 众叶随即纷纷扰扰：啊，秋

当然，对这首题为"秋"的小诗，读者也可以视作"落叶归根"，引申到

"老兵还乡"的附会,但诗人主要在于表现秋风中木叶凋零的意象。另一首《小路》就更接近"意象派"的诗了:

昨夜
昨夜索然淌下
露湿霜重的
车窗上
桃花开尽
那人正离去

这组意象其实就是一幅视觉性很强的画面,它能产生一种不是叙述语言所能获致的美感经验,不过最后两句有着扑朔迷离可堪玩味的情节,读者未尝不可附会,利用想象虚拟一个未曾明示却呼之欲出的故事。由此可证,好的诗中都留有很多的想象空间,因而诗便有了各种的解读方式,多种的解读方式也正是丰富诗的生命的有效手段。

二〇〇三年十一月温哥华

# 无调的歌者

## ——写在张默散文集《雪泥与河灯》之前

　　我与张默结识于左营，时为一九五四年，次年复与痖弦缔交，从此结成一个文学上的"铁三角"。当时我们都只有二十来岁，正是钢铁出炉的年龄，热情而单纯，除了抽屉里卖不掉的诗之外，一无所有，穷得没有道理。但我们却在一个共同的文学梦想和没有罗盘引导的冲动之下，居然创办了一个闯过将近三分之一世纪的诗刊——《创世纪》。在这三十多年之间，我们三人忧喜与共，苦乐分尝，而友谊也历久弥坚，始终不渝，这主要是基于我们具有共同的志趣，相互的尊重与默契，以及性格上的截长补短、优弱互济。当然，我们也有因意见不合而争辩得脸红脖子粗的时候，但事后只要一方念及数十年来含辛茹苦，为中国现代诗运动并肩奋斗的血汗旅程，内心的任何阴霾便为之烟消云散，伤口愈合如初，连个疤都没有。

　　我们三人的美学观点大致相近，但性格却迥然不同。痖弦温和而稳健，我比较憨厚而刚直，而张默则明敏而坦率，因而我们的诗风也就各异其趣。在对文学的奉献上，痖弦虽久已封剑，却未归隐，现主编一个大报的副刊，而以另一种方式继续为文坛提供更广泛更积极的服务，近年来对新生代的作家鼓励尤多。我的宝刀这些年来大部分时间处于韬光养晦状态，难得出鞘，即使勉力拔出，也不如当年的森寒逼人，而且兴趣渐渐倾向于小品文的经营，诗就写得更少了。至于张默，似乎生来就是一座刚出厂的装有多目标弹头的飞弹，说像一头春情发动的母豹亦无不可。他既编且写，又快又好，由于性子急，任何事说干就干，剑及履及，效率之高，文坛上甚少人能及。三十年来他为诗运效命，不遗余力，而写作从未间断，先后出版过诗集五册，诗论集两册，经他策划主编过的诗选丛书不下数十套。有关他的人格与诗风，我在"无调的歌者"一文中，有过较详细的评介。在他数十年的诗创作经历中，我从未见他写过散文，说来真是奇迹，晚近他像着魔似的突然掉转笔杆，写起散文来。他写散文也与众不同，不但风格特殊，而且下笔快速，有如神助。有个时期几乎每个报纸副刊和文学杂志都有他的作品出现。我苦苦经营十余年，才勉强拼凑出一个散文集子，而他却在半年之内就完成了十余万字，现以书名《雪泥与河灯》结集出版，嘱我为序，我能不既羡且佩？

张默的散文在各大报副刊与杂志上发表时，大部分我都细读过，当时感受颇深，有许多话想说，现临到谈这本书时，反而感到千头万绪，不知从何落笔。好在他这些文章都有一贯的题材，情感的发展也有一致的取向，毫不复杂。根据我读后的总印象，我想把这个集子中几点其他散文所没有的特色略加评述：

这个集子中收入的作品，大部分是作者对少年时期在家乡的一系列往事的追记。这些过去的经验看来极为琐碎平凡，但透过作者特殊的处理，读来令人倍感亲切真挚。每篇写两三件事，而题目却由其中两件不相干的事物所组合，例如《葫芦瓢与木鱼》《拾粪与抢馆》《摇篮与疥疮》等，首先在标题上就给读者一种戏剧性的趣味，把你逗得不能不看下去。他这种对题材的处理和编排方式，颇像电影中的蒙太奇手法，一个镜头接叠一个镜头地推向读者，也像现代诗"意象派"安排意象的方法，使我们透过一连串鲜活而具体的画面，而被引导进入一个活生生的经验世界，其中藏有一大杯醇美醉人的乡愁，在等着我们浅酌慢酌。整个集子中透露出一股异香，这是在其他散文中闻不到的。

这个集子中的文章，风格与文体也很特殊，既叙事，又抒情，有些更像写诗，夹叙夹抒，亦诗亦文，跟叶维廉的散文颇为貌似。张默这一系列散文，在表现上看来相当复杂，其实写的全是中国人童年时代的共同经验，谁都拥有过，且都埋藏在我们记忆的深处，例如启蒙的私塾、雪夜的梆声、寒冬的围炉夜话、捉鱼的乐趣、老祖母的手纺车、深秋的红叶、生疥疮的烦恼、稻草堆中的嬉戏、夏日阶前纳凉、冬天院子里玩雪、小河行船、柳下垂钓，以及小镇上比听贝多芬钢琴奏鸣曲还过瘾的弹棉花……张默祖籍安徽，我出生湖南，相隔数千里，但两地的生活习惯与民情风俗竟如此近似，他童年的回忆也正是经常在我梦中涌现的家园旧事。这些事，这些物，说烦琐还真烦琐，但谁会对母亲的唠叨产生厌烦？中国的文化不就是由这一点一滴的烦琐累积而成的吗？

时间不居，人生苦短，人类能留下来的，大则升华为历史，小则沉淀为个人的回忆。但历史留给我们的只是一段抽象的时间概念，而个人经验却是我们一步步踩出来的脚印。那些往昔的人与物、情感与经验，不论时过境迁了多久，都永远存在我们心中，就像远山上一盏盏的灯光，永远在指引我们，温暖我们，使我们感到生命的真实与美好。文章能写出这种效果来，我认为主要是因为其中藏有一颗赤裸的童心。张默禀性率真而耿直，他自认为是一个"喜怒形于色，一根肠子直通到底"，内心隐藏不住一丝秘密的人。由于直，便不讳言，故真情得以显露。文如其人，因此他的散文实际上就是他剥得一丝不挂的自己。情到真处，往往会急不择言，修辞遣句反而变得不重要了，例如他的《晴又小雨》，就是利用纯朴的文字，从极细微处，极平凡处，写他家庭的温情，父女的天伦乐趣，读来感人至深。

张默做人虽无城府，但文章中自有丘壑，平易中见真性，琐碎中见深致。诗人写散文，大多感性重于知性，张默自不例外，但他并不滥情。同时他也像其他诗人一样，善于在散文中运用诗的技巧，那就是以意象来代替一般的描述手法，例如他在《苍发与跫音》一篇中，就是以具体的人物来描绘他书房中罗列的各种文学名著。

英国诗人休姆在讨论诗与散文的区别时，曾做过这样一个比喻："读诗好比一位徒步者慢慢地领着你去寻幽探胜，目的仅在欣赏风景，走向愈陌生的地方愈好。读散文则像搭乘一列飞驰的火车，目的不在观赏风景，只是为了尽快把你送达终站。"其实，读诗人写的散文，通常能使你获得读诗的乐趣，换言之，你搭乘的虽然是火车，却仍能在车厢观赏到两旁沿途美丽的风光。这种散文，我称之为"诗散文"（与散文诗有其结构上的不同）。当我们读张默的某些散文，如《苍发与跫音》《天井的细诉》《梆声与舞蹈》《枫叶·诗经上的逗点》《天窗·月亮的小站》等，就会感觉到其中满溢着的诗趣。

从较狭义的角度来看，说张默这一系列的散文才是纯正的"乡土文学"，谁曰不宜？当然，我无意把乡土文学的真义做如此偏狭归纳；但如果我们把张默的文章与时下某些经过苦心设计而别有所图的乡土作品相比较，就不难发现两者之间在本质上是多么的不同。我之所以认为近年来在台湾以黑马姿态突起于文坛的所谓"乡土文学"是别有所图的，主要是因为某一部分作者把文学当作一种泄愤的手段，一种专为挑拨阶级仇恨、制造社会暴乱，以达成其政治阴谋的工具，其破坏性显然大于建设性。而张默的这类乡土性作品，纵然在题材上也有其狭隘的时空限制，但作者的动机是单纯的，心态是光明磊落的，所表现的情感尤为温纯而真诚，笔下流露的是至情至性的爱意。

因此，我们或许可以这么说，张默的《雪泥与河灯》虽然只是一个表现作者个人往日情怀、故园旧事的散文集，但它的问世，对于近年来"乡土文学"问题的争论，多少具有一种澄清作用。因为真正的"乡土文学"所表现的是对故乡泥土、风物以及与我们有着血肉关系的人和事的关爱与追怀，而假的"乡土文学"却蓄意要在这块纯净的土壤上种植罂粟，开美丽的花，结毒恶的果。

## 闲话见真情
### ——力荐张拓芜散文集《闲话》

在当今的散文作家中，张拓芜可称之为奇人，奇人必有奇才奇遇，每当我读他的《代马输卒》诗集而感叹不已时，就会一再想起《文心雕龙·辨骚篇》中的一句话："自风雅寝声，莫或抽绪，奇文郁起，其离骚哉。"所谓奇文，并非全在意兴的奇、风格的奇或题材的奇，主要在表现出一种卓然不群的精神，而胸怀之真诚坦荡，更是构成奇文之所以"奇"的基本条件。读屈原是如此，读拓芜也是如此，纵然两人相去数千年，一为千古历史人物，一为当代作家，但彼此际遇的困厄、胸襟的磊落以及对人性体验的深刻，都有相似之处，而两人发之为文，也都使读者为之震撼，为之激奋，为之唏嘘。

可是，也许由于一肢之残，也许由于早岁生活经历的卑微，拓芜有时表现得过于自谦。他不仅不把写文章高估为"经国之大业，不朽之盛事"，甚且硬把他那些奇文视为厨房里的扫把，贬得几令我这个老友为之愤愤不平。记得有两次我曾与他联席演讲，当我夸夸其言地谈了一阵诗之后，轮到他发表对散文的意见，并自述写作经验时，首先他总得自我贬抑一番，其谦卑之情，往往使我汗湿重衣，愧怍之极。他对自己要求苛严，口诛不算，而且还形诸笔墨，例如他在《瘠土》一文中说："回首三十年的筚路褴褛，眼角有些润湿。我有感慨，有辛酸，也有些许自慰，这块瘠土固然不能和别人一样的繁花似锦，树木森森，但它总算能生长一些地瓜、空心菜之类的低等植物，总算有一些疏落的绿意了。当然不全满足，我的心在呐喊：我多么渴望能变成一块沃土！"

话虽如此，我们读者岂可真以为拓芜是块瘠土，只生长一些低等植物？

不错，拓芜的文章中的确读不出什么训世的惊人之谕，或鞭辟入里的人生大道理，但无不是从真实人生中提炼出来的至情至性之作，一不雕凿，二不矫饰，每个句子都是生活过来的，每篇文章都是出自热切的肺腑。拓芜于今年逾半百，但在他的文章中我们见到的只是一个赤裸裸的大孩子。他从不掩饰自己当年的许多窝囊事，比如提到投稿的情形时，他说："我退稿的纪录比别人可观……三十年来究竟退了多少篇稿，没有统计过，想来一张张叠起来绝对超过我的身高，所以即使有人讽刺我'著作等身'，我也不会脸红，事实上如此，只是没有变成铅字罢了。"其实，他这样挪揄和调侃自己取乐，又何尝不是他借以冲淡与化解生之悲苦的最好方法。

拓芜少小投身军旅，转战大江南北，过的桥比许多人走的路还多。所以说，他那《代马输卒》诸记中的文章几乎每篇都是数十年来中国历史的注脚，虽非正史，却有着正史中找不到的时代悲剧形象和人性尊严。这一系列的文章已经先后结集出版，目前推出的《左残闲话》是他近两年陆续发表的作品，在体例与风格上虽不如《代马输卒》之一贯，但真诚性尤有过之。在这二十多篇文章中，有如烟往事的杂忆，有对残酷人生的体验，有对亲情友情温馨的反刍，这些都是他在病后通过生死大关所得到的体验和感悟。其中有几篇读来格外感人，如《瘠土》，写的是他三十年来读书写作的心路历程：他的遭遇叫人扼腕，他的谦抑叫人羞惭，他病中"独臂侠"式的艰苦奋斗叫人血脉贲张，振奋不已；其次，如《对苦难的体认》，主要是写他中风期间与病魔缠斗的痛苦经验，有两段提到他早年体认的时代苦难，行文颇具海明威的风格：

"在那个逝去的时代里，糊里糊涂地活，糊里糊涂地死，我们没有迷失，也没有愤怒或失落，我们只是糊涂，打仗，死亡，死亡，打仗……苦难对我们没有意义，我们也不懂这两个字，但苦难时时在陪伴着我们，死亡也随时随地在窥伺着我们。我们似乎感觉到，但并不怕；我们不知道怕，我想绝大多数人像我一样。为什么不怕，因为我们经历得太多，已经不算什么了，主要是，我们还是糊里糊涂！"难怪从内地来的那群现代诗人当年为何那么疯迷存在主义，原来存在主义就是叫人活得不糊涂。

在《老，吾老矣》这篇散文中，我发现拓芜对生命的看法有时很潇洒，有时又很冷酷。对死亡常施嘲弄应是一种健康心态，这种人处理起人生问题，比怕死的人要高明得多。我曾在一篇散文中说："世上所有的人无非是一堆闪烁发光的泡沫？所不同的只是大泡沫与小泡沫之别而已。"拓芜则认为生命应像鞭炮，噼里啪啦一阵就完了，有声势，有缤纷，有壮烈，有凄美。这显然比我的人生观来得积极，与亨利·詹姆斯所谓"人生充其量只不过是一种绚丽的浪费"含义近似。我与拓芜同年，对"老之已至"所引起的威胁，我们都具有同程度的敏感。日影西斜，一天又过去了，每天面对日渐消瘦下去的日历，一想到我早年的一句诗："从日历中翻出一阵嘿嘿的冷笑"，便会不寒而栗。

读《恩人，挚友，死党》这篇文章时，我也非常感动。拓芜病后出院，靠鬻文为生，开始一两本书卖得并不理想，自三毛的一篇《张拓芜的传奇》在"联副"上发表后，据说他书的销路立刻直线上升，这就是他称三毛为"恩人"的来源。嗣后他们开始通信缔交，而且三毛经常以金钱接济他，在生活上照顾他。我相信三毛并非富婆，接济的钱绝不是巨款，但拓芜却认为"涓滴之恩，当涌泉以报"，文中所流露的温暖的友情和高洁的人性，的确令人既羡慕，又钦佩。

在实际生活中，有时我们会发现拓芜个性的倔强和狷介，但他却是一个很理性、讲原则，而又性情淳厚的人。他与妻子多年失和，终告仳离，不久后，妻子因病住院，第二天就去世了。拓芜赶到医院时，已来不及见最后一面，虽是怨偶，仍不免为之伤心良久。他这篇《清明》，就是描写他在今年清明节带着儿子给离婚后的亡妻上墓的情景，由于其间的经过我都非常清楚，故读来感慨特深。体残，家庭失和，离婚，妻死，这一连串的不幸都集中在拓芜一人身上，上天似乎太不公平了，而拓芜今天仍能秉持坚毅的意志，每晚在荧荧孤灯下，把生之酸楚和无奈，以精练的文笔、冷隽的风格以及幽默自嘲的语气，一个字一个字地刻了出来，有时读得我笑中含泪，泪中带笑。尼采说："一切文学，我最喜爱的是用血写成的。"这也正是我爱读和推崇拓芜散文的缘故。

## 一把解惑的钥匙

### ——向明《新诗一百问》序

对我个人而言，读《新诗一百问》的益处，是使我在一夜之间对帙卷浩繁的中西诗学和诗话做了一次要点式的重温，更从向明个人的创见中找到了一把解惑的钥匙，不时会推桌而起，暗呼"深获我心"！

向明除了心存灵性、情思蕴藉之外，更以慎思明辨见长，以数十年的创作经验，摸透了诗之体与用，而把所学、所思、所体悟到的诗学理论，写成了一篇篇简要而周延，精粹而全面，既富创意而又具学术性的现代诗话，完成了多年前我想做而未能做成的大工程。这些诗话看似漫无体系的即兴的《答客问》，但所涉及的有关问题，层面甚广，既包括诗的本质层面，诸如神思、意境、形而上思考、意象、语言、节奏、象征、超现实的概念等，也包括了诗的技术层面，诸如句构、建行、标点、诗的声光、诗的朗诵、后现代诗、都市诗、女性诗、隐题诗等，几乎搜罗殆尽、无所不谈，正如李瑞腾所说："向明多少年来在各处讲诗，搜集了许许多多诗的问题，趁此机会大清理，百问而千万答，则结集而成的书便是手册、指南一类的现代诗学工具书了。"

诗，是一种邂逅，神和物的巧遇。诗话则可说是一种不带地图的漫游。向明的《新诗一百问》还不仅如此，他虽不带地图，却携有指南针，为在诗国漫游者指点一个方向，虽不是放之四海而皆准，却有一定程度的指标性与启迪性，极具参考价值。例如他在第二十六问中谈诗的意象时说：

将隐形的"意"借外在相应可感可触的"象"表达出来，使它落实。

这和郑愁予谈意象，虽说法不同，却都能抓住诗的本质、诗的第一义。郑的"自然经验"与"人文构思"是一种诗学的辨析，而向明的则是一种近乎"定义"式的解说，颇符合中国古典诗学"情景交融"之说，也使初学者较易了解"意象"之为何物。此说或许浅近，却是最最基本的。

诗，尤其是现代诗，其问题千头万绪，何止百题百解，但向明所搜集的问题，可以说，凡当代诗人与读者所遭遇到的各种疑难杂症，都在他论辩的扫描范围之内，也都一一提供了颇具启发性的精辟解答。当然，这些解答不可能使全部问题得到满意的解决，事实上最不易解决而至今犹争论不休的问题，是需要清明的理性辩证和时间的验证的：比如最近广州的《华夏诗报》正集中火力，对时下"先锋"诗、"新潮"诗的晦涩怪诞施以猛烈的批判。诗的晦涩和怪诞，其实和诗的原创与实验是隔邻而居的。这个问题曾多次在向明的一百问中出现，且从不同的角度给予了要言不烦的解答，例如他在第二十四问《韵律与节奏》的最后一段中说：

现今很多诗令人读不通顺，因为有些诗人过于作求新的实验，扭曲语言或过于压缩语言，这种诗只是某一阶段的实验产品，日久必会自我修正，或被时间无情地淘汰的。

我倒以为，不论内地的"先锋"诗，或台湾的后现代诗，都是一种追求原创、犹待成熟的过渡现象，一种求新求变的实验，问题乃出在"过于"二字。当然，实验品失败的几率甚大，但失败中正蕴藏着无限生机与无限可能。目前内地"先锋"诗的情况，正与三十年前台湾现代诗遭遇的困境相似，当年我即认为，晦涩也好，怪诞也罢，都是中国新诗现代化的一种过程，毋须戒惧，是追求创新必须付出的代价。

艾略特的《荒原》（*The Wasteland*）发表之初也曾招来传统保守派的强烈攻讦。我以为批评者除了高明的见识、洞察的论析力之外，更应具有宽容的胸怀，可以月旦现象，批评缺失，却不宜否定诗人的动机和创意。台湾现代诗在发展中吸收一些中国传统文化和古典诗学中的不变因素,乃是一种新的自觉,新的取向,绝不是什么"浪子回头",假以时日,内地先锋诗人的自我调整与修正,也是可以预期的。

在诗的诸多疑惑中,向明提出的另一个重要问题是"主情与主知"。这本是诗歌发展中一个阶段性的矛盾,而二者的平衡应该是理想的解决方案,不过主情或主知,往往取决于当时的特殊社会背景和文学风尚。有人认为中国诗的传统即为抒情传统,而"诗的主要功能在于表达情感"这一说法,也成为十九世纪英国浪漫主义的基本概念,风行甚久,牢不可破。但站在对立面的现代主义,其特性之一就是矮化抒情,抬高知性,台湾现代派祖师爷纪弦更在他揭橥的"六大信条"中明示"知性之强调",于是景从者众,正如向明在第十九问《移植与继承》中所说:

很多盲目追求现代感的人,为怕在诗中泄露情感,招来抒情之讥,因而把本来应该适度宣泄的情感,也严丝不露地秘藏起来,使诗变得冷漠无情,缺乏人气,使得读者更加不敢接近诗⋯⋯

可是,他在第八问中也提出一个相对的问题,他借助里尔克的意见来解答诗人如何节制情感时,他说:"写诗必须是一种从长计议的事,绝对不能感情用事。"好一个"从长计议"!如延伸其意,可能是说:诗不可无情,但也不可滥情。

新诗是一次革命,现代诗(或"先锋"诗)是另一次革命,凡革命,必然会矫枉过正,因此过于强调"情"或过于强调"知",其结果同样的糟。其实,诗中的抒情性是一项不可或缺的美感因素,抒情性绝非来自激情,乃是出于一种灵性和人性的融会与交辉,而适度的知性则可借以表达形上思维,使诗提升到哲学的高度。在这些问题的层面上,向明都曾有过探索、深思和阐释,而他对目前诗坛现象诸多针砭之言,尤其值得诗人们参考。

## 潘郁琦的散文风格

　　就我记忆所及，潘郁琦最初是写诗的，移民美国后就一直以女诗人的形象出现于北美的中文报副刊上。据她自称，她曾沉潜过一段不算短的时日才再度出发，近年来我从她的诗作中俨然看到一只破茧而出、迎风翩跹、飞舞得颇为自然而富韵味的彩蝶，不论在意象的经营与语言的掌控上，都已趋于相当成熟的阶段。

　　日后，我也间或读到她的散文，而且发现，她的诗和散文几乎像是一对孪生姐妹，或可称之为一种连体式的综合艺术。其实应该这么说：她是以写诗的手法来写散文，尤其擅长以古典诗的句法来表达现代人的情感。她诗中有一显著的特色，即满纸氤氲中浮出一股古典的哀怨，一种难以言宣的凄清，而她把这一特色全都转移到散文中来。当然，这份哀怨和凄清与古典文学中的闺怨又自不同，潘郁琦笔下这份情感乃是走过半生红尘，过滤了郁卒与伤痛，通过时间的沉淀而产生的一种深沉的沧桑感，因此读她的散文，总不免会漫起一股沉郁的情愫，令人唏嘘，低回不已。

　　潘郁琦受中国古典诗的影响甚深，对古典诗句法的运用可谓得心应手。中国古典诗最讲究不言而喻的表现手法，尽可能排除那些分析性和演绎性的形式逻辑因素，诸如诗中的人称、时态、连接词等，不能保留事物和经验的纯粹性。正由于这种手法的灵活运用，致使她的散文具有一种雍容大度、精纯简练而又多言外之意的风格，比如她的那篇《在水一方》，可说是最富诗意的了，从头到尾，就让她的读者行过山山水水，透过云雾缭绕，仿佛看到一个如诗一般朦胧而温婉的女孩。"你就是一首诗，一首让人与历史同感寂寞的长诗。"其实文章中大部分的陈述都是作者内心的独语，作者似乎有意只为读者提供一种感觉，一种抒情的气氛，一种若隐若现、若即若离、令人神往的灵思，至于这个女孩是谁？你就不必深究了。

潘郁琦另一篇《忘情之约》，是她这批文章中最富情趣、颇具深度的旅游散文，写的虽是阿拉斯加的风土人情，而文章的感染力却远超过文字的表层意义，在风格上兼具诗的韵致与简约和散文的潇洒与开阔，难得的是既具灵性而又最见功力，其中一段描述千年冰川的神奇，正是她以诗的手法处理的最佳例证：

熄了船的引擎，听听冰川万年的叹息；屏住呼吸，生怕惊醒了重重叠叠的岁月。有一声迸裂破混沌而来，敲在我心深处，循声望去，绵延冰墙似乎无损，然而千军万马般透明的蓝，却在眼前，呼啸卷残云的飞落，回响久久。历史的跌落，是否有再生的契机？用百万年作另一世的轮回，在青白冰色之间。

问世间，情是何物？潘郁琦最有体味。她笔下感人至深的，当然还是血缘的亲情，以及在深沉的历史和文化绵绵不绝的纠缠中所生出的家国之情、民族之义。我们读她的《问月山海关》《犹有葵花》《千鹤之愿》《千帆之外》等篇，这种感受尤为强烈。在这些篇章中，在这些字句间，一点一滴地渗进去她那蕴藉而深刻、既凄美而又无奈、令人激动而又令人黯然的情愫，然后一字一句地朝着读者的心扉重重撞去。

前面已提到，潘郁琦的散文饱含丰富的抒情因素，也就是诗的素质。在她的许多篇章中，我们发现几乎每一段都可独立成一篇隽永的小品，有的甚至可以重新组合，排成一首诗，不信，请看《夜行关山渡》的第一段：

这一路

已无繁花似锦

而这种绚烂

竟是因叶而来

数着车速之外的翦翦清寒

我从夜色中归来

泛谈碧果

在理论上，现代诗可分为两类：一类是"诗乃以语书为媒介的艺术"，一类是"诗乃语言的艺术"，二者的区别很大。前者为一般诗的概念，"载道"的诗，以美服役于思想的诗，均属此类；后者为特殊诗的概念，也就是纯粹的诗，以诗为一种"有意义的美"（significant beauty）。从现代语言学的观点来看，这种诗人认为，语书本身的意义即诗的意义，语言本身的魔力即诗的魔力，因而要求把语言的效果发挥到极致，欧洲（尤其法国）许多国家的诗的革命大多基于此！语言功能的新观念。旅法学者程抱一在讨论波德莱尔时说："他已经了解，诗不仅是抒写、咏叹、描绘、发泄，而是感性的征服、精神的探险，是存在的基本方式之一"（见程著《和亚丁谈法国诗》）。我也在《中国现代文学大系》诗序中说过："对某些诗人而言，诗已成为一切经验的本身。"这里所指的诗，实际上就是语言的本身。

此类诗的特质乃在排斥知性，诗中没有分析性的"内容"，可说是一种极端"不涉理路"的诗。这类诗因源于潜意识，似乎人人可写，但不一定都写得好，有的具有其严肃性，有的则不免。